微阅读
1+1工程

WEI YUEDU

第五辑

鸿雁客栈

练建安

百花洲文艺出版社
BAIHUAZHOU LITERATURE AND ART PRESS

图书在版编目（CIP）数据

鸿雁客栈／练建安著. —南昌：百花洲文艺出版
社，2014.9（2018.12重印）

（微阅读1＋1工程）

ISBN 978－7－5500－1068－0

Ⅰ.①鸿… Ⅱ.①练… Ⅲ.①小小说—小说集—中国
—当代 Ⅳ.①I247.8

中国版本图书馆CIP数据核字（2014）第200923号

鸿雁客栈

练建安　著

出 版 人：姚雪雪

组稿编辑：陈永林

责任编辑：赵　霞

出　　版：百花洲文艺出版社

发行单位：全国新华书店

印　　刷：龙口市新华林文化发展有限公司

开　　本：700mm×960mm　1/16

印　　张：12

版　　次：2015年3月第1版

印　　次：2018年12月第3次印刷

字　　数：128千字

书　　号：ISBN 978－7－5500－1068－0

定　　价：29.80元

赣版权登字：05－2015－6

邮购联系：0791－86895108

网址:http://www.bhzwy.com

图书若有印装错误，影响阅读，可向承印厂联系调换。

前　言

　　以"极短的篇幅包容极大的思想"，才能够以小胜大，经过读者的阅读，碰撞出思想的火花，震撼人的心灵。正因为这样，微型小说成为一种充满了幽默智慧、充满了空灵巧妙的独特文体。

　　如果说在二十一世纪的头一个十年，是互联网大大改变了我们的生活，那么在我们正在经历的第二个十年里，手机将更为巨大地改变我们的生活。如今，以智能手机为平台，正在构成一个巨大的阅读平台。一种新的阅读方式正不知不觉地走进大众的生活。一个新的名词就此产生，它便是"微阅读"。微阅读，是一种借短消息、网络和短文体生存的阅读方式。微阅读是阅读领域的快餐，口袋书、手机报、微博，都代表微阅读。等车时，习惯拿出手机看新闻；走路时，喜欢戴上耳机"听"小说；陪人逛街，看电子书打发等待的时间。如果有这些行为，那说明你已在不知不觉中成为"微阅读"的忠实执行者了。让我们对微型小说前景充满信心和期待的是，微型小说在微阅读的浪潮中担当着极为重要的"源头活水"。

　　肩负着繁荣中国微型小说创作、促进这一文体进一步健康发展的责任和使命，微型小说选刊杂志社推出了"微阅读 1 + 1 工程"系列丛书。这套书由一百个当代中国微型小说作家的个人自选集组成，是微型小说选刊杂志社的一项以"打造文体，推出作家，奉献精品"为目的的微型小说重点工程。相信这套书的出版，对于促进微型小说文体的进一步推广和传播，对于激励微型小说作家的创作热情，对于微型小说这一文体与新媒体的进一步结合，将有着极为重要的作用和意义。

编者

2014 年 9 月

目　录

葛藤坑

这一日，向晚时分，青山叠翠的石壁，阴雨连绵不绝。

弯弯的山间石砌路上，走来一位游方文士。

他来到路旁的古茶亭口，趑趄不敢入。亭内，有一位上山砍柴的村姑。

"好大的雨。"

"雨，好大。"

"进来避避雨吧。"

游方文士走进茶亭，茶亭檐桷残缺，雨漏如注，半壁的茅草葛藤伸入，挂着水珠。

雨下个不停，两人都不说话了。风声雨声远处的流泉飞瀑声，淹没了彼此急促粗重的呼吸。

蒙蒙雨幕，遮拦着远山近山。

峡谷中，有一前一后，一高一低的黑色雨燕，来回飞舞。

游方文士望着雨燕愣住了，一丝温暖的、鲜活的干草气息若有若无，使人想家，使人想起明艳的青衣红袖。

雨停了，他们彼此一笑，各奔东西。

十年后，唐乾符五年（公元 878 年），游方文士挥动大齐劲旅，转战南北，李唐江山在他急骤的铁蹄下颤抖呻吟。

大齐军由浙江衢州挥师入闽，沿途寨堡，凭险固守，大将军大怒，下令：杀无赦！遂一路闯关夺隘，锐不可当，所到之处，斩草除根，石头过刀。

1

这一日，大将军纵马枫树岭。

枫树岭下，逃难百姓，扶老携幼，踉踉跄跄。

一位少妇身背大儿，手牵幼子，远远落在后头。

此举岂不怪异？大将军打马赶到。

"背上何人?!"

"系……俺侄儿。"

"手牵何人?!"

"系俺……儿子。"

"为何以大欺小？"

"俺家大伯……只剩下这根独苗了。"

大将军一怔，似乎又感觉到那熟悉的气息，眼前浮动着十年前风声雨声中的那座残破古茶亭。

大将军长剑一挥，劈下一根葛藤。

"记着，插在门口。"

次日，大齐军浩浩荡荡挺进石壁。石壁村家家户户，葛藤摇曳。

此为葛藤坑。

决 斗

"三月三日，决斗梁野山。"

有财拿着挑战书，在屋子里来回走动。老婆在生火做饭，不时以惊恐不安的眼神瞄一下丈夫。两个孩子却正在酣睡，长子福贵梦中还嘻嘻傻笑。灶间火光一闪一灭，米饭的清香弥漫着。

远处传来嘹亮的鸡啼。有财一口吹灭了油灯，推开窗户。一缕缕晨光透射进来。

老婆捧上一大瓷碗白米饭，中有两颗"太平蛋"。有财鼻子一酸，吃得很慢很慢。

吃完饭，有财怔怔地坐了一会儿，突然站起，扎紧布腰带，猛地从墙角操起长矛。老婆递过斗笠。有财说："要回不来，照看好孩子。"老婆含泪点点头，哽咽着说："菩萨保佑。"有财喉结上下滚动，说不出话来，扭头推门大踏步走去。

"豆腐哎，装豆腐啊!"阿三叔公挑着豆腐担照常出现在小巷那头，叫卖声很是悠长。有财老婆无力地靠在门口，眼泪就流了下来。

梁野山决斗，源于去年正月初五的一桩事。有财是陈家庄狮班狮头，领打狮班往刘家祠堂拜年，恰好仇家洪家班也来了，于是双方斗技，洪家班输了。狮头洪大目乃名扬闽粤赣边的教打师傅，忍气不过，送来战书。陈家曾私下送礼打点，洪大目不买账，扬言若不如约来战，定要血洗陈家班。洪大目功夫了得，据说，往日决斗中，有八名好汉死在他的钩刀下。

梁野山是武夷山脉南端、南岭北端最高峰，闽粤赣边界江湖决斗，多选择此地，约定俗成。

陈家庄、洪家庄距山腰均庆寺，各有三铺路。

有财来到山脚时，太阳已有二竿子高了。在步云桥，一位老叫花子伸手乞讨。有财二话不说，扔下一把铜钱就走了过去。

均庆寺外，各路江湖中人早已聚齐。洪大目和徒弟们在一边闲坐。有财走过去，低声说："洪爷，我们不打了吧，我认输。"洪大目仰面朝天，手持小茶壶，笑着说："什么？我没听清。"有财说："洪爷，我认输。"洪大目扭头猛吐一口浓痰："呸！"

正午时分，决斗就要开始了。大德方丈朗声宣读完生死文契，问双方各有何话说。洪大目抖动手中的钩刀，钩刀上铁环哗啦啦作响，洪大目说："这就是话！"有财拖着长矛，结结巴巴说："我死了，就别再打了。"大德方丈一声佛号，退下。

三通鼓响后，便是一声锣响，双方即兵刃撞击，打在一处，但见你来我往，招招杀手，满场冷气逼人。突然，洪大目看出破绽，一声大吼，钩刀一挥，直往有财后脖挂去。有财躲闪不及，挺长矛直抵对方咽喉。此时，钩刀回挂则必然牵动长矛前刺，长矛前刺则必然牵动钩刀回挂。双方僵立场中，凝固不动，冷汗湿透了衣衫。

场外看客，屏声息气，苦思良策。忽听那位老叫花子哈哈大笑："嘿嘿，岭下雄牛脱轭哩。"众人朝岭下一看，但见数头水牛悠然啃吃青草。

有财心头一亮，猛地蹲身沉桥、低头摔脱钩刀、上步挺身突刺，长矛直透对手咽喉而出。生死立决。

鸿雁客栈

黄昏时分，连绵群山雾霭沉沉，凄厉山风掠过萧疏林木，呜呜作响。

群山之间的某处缝隙，有一条羊肠小路，盘旋往复，此为汀漳要道。

山顶叫坂寮岭。

坂寮岭上，有一间客栈，叫鸿雁客栈。

客栈有楹联曰："两岸荻枫鸿雁影！满途荆棘鹧鸪声。"

鸿雁客栈有一位三十出头的女子，当垆卖酒，一袭白衣，纤尘不染，高耸的发髻上，插有一朵鲜艳欲滴的红牡丹。

风更大了，黄叶纷飞；天色更暗了，南山的飞鹰已不见了踪影。

该不会有人来了吧？

不。半山腰石砌路上，有两粒黑点，在缓缓向上移动。

走近了，是主仆两人，为首的是位年近不惑的男子，看他的神态，像个读书人，却更像是个富商。

"哎哟，两位客官，外头风大，快快进屋来。"

"可有宿处？"

"后厢房有干净房间。"

"好。可有卤牛肉？"

"有。"

"来二斤。"

"嗯，二斤。"

"可有猪胆肝？"

"有。"

"一盘。"

"嗯，一盘。"

"可有汀州油豆腐？"

"有。"

"来一碗。"

"嗯，一碗。"

"可有花生米？"

"有。"

"一碟。"

"嗯，一碟，客官还要点什么？"

"一壶酒。"

待商人在靠窗位置坐下，刚喝完一杯茶，女子就把热乎乎的酒菜一一端了上来。

长途跋涉，饥肠辘辘，主仆两人风卷残云，片刻把桌上酒菜扫了个精光。

商人唤来女子添酒加菜。

仆人不胜酒力，就跌跌撞撞地摸到客铺歇息去了。

商人自斟自酌，逍遥自得，似醉非醉地吟出一句"晚来天欲雪，能饮一杯无？"

女子见惯南来北往客人，陪酒也算是分内之事，就嫣然一笑，款款落座。

"这可是好酒啊！"

"客官有眼力，这是酿对烧。"

"何谓酿对烧？"

"冬至日，取山泉精选珍珠米酿造，色泽明黄，入口甜顺清香，滴酒挂碗。"

"嗬，真是滴酒挂碗。"

"此乃小店招牌酒。"

"好酒！好酒！！"

"客官，可是还要些酒菜?"

"再来一壶。"

说话间，室外北风怒号，屋顶沙沙有声。

"喂喂，什么响声?"

"下雪了。"

"下雪了?"

"下雪了，山间米头雪。"

商人推窗，但见残月当空，四野茫茫，一片雪白。

冷风袭来，女子一个寒噤，酒壶失手落地。

商人急忙掩窗，咝咝吸着冷气。

"碎了?"

"碎了。"

"你家掌柜……该怪罪你了，我赔。"

"不……"

"我不该推窗。"

商人留下三两纹银，嚷着好酒好酒，手持蜡烛，摇摇晃晃地拐入了后院。

次日，风静雪霁，日上三竿之时，主仆两人歇足了劲，又上路了。

走出店门百十步，女子就追了上去。

"客官，可是前往漳州府?"

"正是。"

"可否将此物，捎带给悦来客栈掌柜的?"

物件为两头对接的竹筒，当是乡间捕鼠器。

"好吧，你尽可放心。"

"小女子谢过。"

"区区小事，何足挂齿。"

主仆两人风餐露宿，赶赴漳州，途中，遇上几拨精壮人马，目露精光，凝视竹筒良久，又呼啸而去。

漳州悦来客栈里，掌柜接过商人送上的竹筒，随意扔在了一边。

"阁下可识得吕三娘?"

"吕三娘?"

"阁下囊中百两黄金没事吧?"

"您……"

掌柜朗声大笑过后,自顾拨弄算盘,不再言语。

商人快然退出,随即恍然大悟:竹筒对接,为两口,两口为吕,鸿雁客栈女子即是纵横闽粤赣的侠盗吕三娘。

商人此去漳州,乃是捐官,百两黄金捐得某县知县一职,任期内鱼肉百姓,横征暴敛,三年后,又重金买通上司,打通关节,晋升汀州知州一职。

上任之日,护卫人马浩浩荡荡,威风赫赫。

途经坂寮岭,鸿雁客栈,已成废墟。知州下轿,回想三年前寒夜风雪,正自感慨沉吟,突然一道白光一闪而过。

左右侍卫,见知州大人僵立不动,大惊失色,细看,知州大人脖颈处,齐齐整整划有一圈红线。

针 刺

闽西南崇山峻岭之间，浩浩汀江水路破隙而出，九曲十八弯，缓缓南流到一个叫棉花滩的地方，突然水势汹涌，奔腾咆哮，飞落百丈悬崖。

南下梅州潮州、上溯汀州赣州的粮船盐船，有"上河三千，下河八百"，到此只能停步不前，驳肩转运，驳肩转运处，人货辐辏，久而久之就有了个繁华集镇，人称峰市。

峰市渡口，店铺相连，自不必多说，单说有个和记小酒店，店主是个精壮小伙子，姓钟，名富祥，人称阿祥。

这日黄昏，天气异常闷热，成群结队的红绿蜻蜓飞来飞去，密密匝匝的大水蚁在炉火四周打转。

黄泥小火炉在葡萄架下，紫砂壶正哗哗有声，冒着热气。

阿祥将一盆清水猛地泼在店门前的青石板上。

"嘿，狗东西，泼湿人家哩。"

说话的是一位跛脚老人，住对岸白云道观，每日这个时辰，准会来沽半葫芦水酒。

"哟，是六叔公。"

阿祥称他六叔公，是按钟姓辈分，其实六叔公是广东潮州人氏，三十多年前途经峰市，留了下来。

"酒。"六叔公将八枚铜钱拍在柜台上，扔过酒葫芦。

"今日是李家寨新出炉的好酒，叔公真有口福。"阿祥用竹筒量好酒，递了过去。

"六叔公，来杯茶？"

"有啥好茶?"

"云雾。"

"梁野山云雾?"

"正是。"

"来一杯。"

说是来一杯,其实是喝个够,酒能醉人,茶也能醉人。

两人就坐在了葡萄架下石凳上,慢慢喝茶。

江岸边,停泊着许多船,在船上过夜的人,已张挂起灯笼,火光映着江水,一波一波地闪烁。

"阿祥,明日,俺要走哩。"

"走哩,去哪里?"

"潮州。"

"回家去?"

"哈,还有什么家,去紫霄宫。"

"噢。"

"这些年头,酒,不掺假,实在。"

"做生意,图个信誉招牌。"

"说得是。"

"是。"

"你每日,还多给半勺酒,当俺糟老头不晓得。"

"本家梓叔,本家梓叔。"

"这些年,还练功夫?"

"连城巫家拳。"

"是真家伙,南少林的,看你走路模样,俺也猜了个八九分。"

"叔公……叔公也会拳脚?"

"俺这条腿,怎么跛的?"

"这……不晓得。"

"要听么?"

"算了,算了,叔公您还是不说的好。"

"老侄哥，要说给你听。"

"叔公……"

"老侄哥，俺明日就走了，你好好听听，记着。"

六叔公就这样一边喝茶，一边讲起了他的故事……

那是清光绪末年，阿六（六叔公）在汀州卧龙山学艺，十年苦练，就有了副好身手，同辈师兄弟有十八人功夫最好，人称十八郎。

十八郎出入江湖，威名赫赫，闽粤赣边，罕逢敌手。

这年寒冬，广东汕头来了一趟镖银，为首的是夫妻两人，传闻是罗浮山派的好手。

入闽省境，头一日在武北当风岭观音庵歇足打尖。

十八郎志在必得，倾巢而出。

阿六善轻功，先行探路，飞身伏在屋顶上。

观音庵右侧厢房内，一灯如豆，一位妙龄女子正自顾纳鞋底，她的身边，一位男子呼呼大睡。

一长溜的银车就停放在床榻旁。

女子一直不紧不慢地飞针走线，时不时用铁针抹抹头油，时不时刺一刺窗户。

阿六心头着急，师兄弟怎么还不来呢？此时不出手，更待何时？

这时，女子起身叫道："梁上君子，该下来了。"

阿六一惊，知道逃不了，就揭瓦飞身而下。

女子推开窗户，指向庭院说："你的同伙就留在这里了，我的丈夫脾气不好，一旦醒来，你就没命了。"

阿六强忍悲痛，借着烛光，检视师兄弟伤处，见人人眉心，均有针刺痕迹。

临走，女子说："窃赈灾银车，罪不可恕；留你活命，是为布道。"

男子呼呼翻转身，又睡了。

阿六猛然感到右腿一阵刺痛，这轻功算是废了。

女子又说："快走，还能回家。"

阿六走到峰市，就走不动了，白云道观一尘道长救了他，但右腿还是趿了。

阿祥听着听着，茶壶在手中颤抖，茶水洒落满桌。

江风徐来，炉火明明灭灭。

"后来呢?"

"后来，俺就和老侄哥一块喝茶。"

"对，对，喝茶，喝茶。"

"喝茶。"

铁 丸

"果然引出来了，好兄弟，看你的了。"

知县端坐在官轿上，纸扇挥指处，但见悍匪游骑呼啸扑来。

"遵令！"张捕头一抱拳，挥动陌刀，如离弦之箭，率三十六捕快，催马迎击。

两强相遇，杀声震地。

张捕头撞上匪首，捉对厮杀，从马上打到马下，激战方酣，突然，匪首一个虎扑，跃入深沟，与此同时，一颗铁丸直奔张捕头后脑，张捕头辨得风声，陌刀一架，碰飞铁丸，随即也扑入深沟。

匪首摔断脊椎，力不能敌，遂束手就擒。

张捕头百思不解，匪首功夫与自己不相上下，何以突然间扑入深沟？逼问再三，匪首不答，只是一个劲地冷笑。

剿灭山寇，凯旋班师。

是夜，县衙大院张灯结彩，排出庆功宴。

众捕快大碗喝酒，大块吃肉，豪气干云。知县笑容可掬，要敬诸位弟兄三大碗，博得满堂叫好。喝到第二碗，大院古柏树上，惊飞起一只乌鸦，盘旋夜空，怪叫声声。

知县大怒，捡起八仙桌上一块碎骨，一弹指，乌鸦就栽落下来。

"好！"

众人齐声喝彩。

知县已有几分醉意，摆摆手说，雕虫小技，献丑了，献丑了。

张捕头抱着大酒坛，摇摇晃晃地过来，非要敬知县大人不可。

知县大笑，就说，你，可要喝光了？

张捕头说，喝，我喝！今儿个高兴，喝！

张捕头真的就把一大坛子酒给喝光了，喝光后，人就软在桌旁。

知县大人笑着走开了。

几位好兄弟骂骂咧咧地扶着张捕头回到捕房。

一入房，张捕头就醒了，双手推开左右兄弟，低声说，快，备马，走！

张捕头漏夜率几位兄弟快马出逃，遁入大山。

原因很简单：脑后铁丸，乃知县射出，匪首迎面见知县发弹，急忙扑入深沟，殊不知乃虚惊一场，自伤脊椎；铁丸的真正目标，却是张捕头，兔死狗烹，是以冷笑。

十三郎

十三郎排行第十三，九莲山下人氏，南少林俗家弟子，善射，强弓在手，百步穿杨，江湖人称"小李广神箭"。

古汀漳路崇山峻岭之间，常有悍匪聚啸，洗劫商旅，行人视为畏途。十三郎出，凡数战，群匪尽落下风，遂不敢撄其锋。

突然有一日，十三郎厌倦了江湖杀伐，回乡种地去了。

汀漳山路，又成了黑道的天下，为首一人，人称燕子吕三郎。

各商会纷纷来请十三郎复出。十三郎架不住老朋友们的三番五次苦苦哀求，就半掩柴扉，重操旧业。

这一日，春风拂面，细雨霏霏。十三郎及盛德镖局人马护送商队，由漳入汀，走老路，途经坂寮岭。

坂寮岭逶迤奔走，山腰山顶，烟雾萦绕。

猛听一声锣响，四周杀奔出大股悍匪。

盛德镖局数十位趟子手处变不惊，快速稳住阵脚。

十三郎抽出强弓。"嘣"的一声，弦断！正诧异间，飞骑逼近，十三郎失去顺手兵刃，苦战不敌，被擒获上山。

群匪将十三郎严严实实地绑在山神庙石柱上，又呼啸下山，追击商队去了。

十三郎悔恨交加，闭上了眼睛。山下杀声动地，激战方酣。商队在劫难逃吗？弓弦怎么断了呢？谁做的手脚？盛德镖局吗？正胡思乱想之时，十三郎听到一阵轻微的响声，睁开眼睛，就看见一位明艳照人的女子，薄雾飘过，十分神秘。

女子说："你就是十三郎？"

"在下行不改名，坐不改姓。"

"我是压寨夫人，一位苦命女子。"

"哼，那我就是苦命男子了。"

"我要救你。"

"为何要救我？"

"助我脱离苦海，送我回家。"

"好！"

女子抽出尖刀，唰唰两声，割断绳索，又找来马匹、器械，两人飞驰下山。

两人纵马狂奔了百十里地，就来到了一个有棵大榕树的僻静山村，拍开一户人家门扉，出来了一位白发苍苍的老太婆。

适逢老人的儿子随儿媳回娘家省亲去了，就留下他们。

吃罢地瓜稀饭，闲聊了几句，老人就去歇息了。

农舍新房，繁花满树的夜晚，浮动着暖暖甜甜的气息。

女子吹灭油灯。

十三郎端坐在椅子上，一动也不动。

半夜，起风了。

十三郎起身关好窗户，重回椅子上端坐。

风过疏竹，蛙声起伏。

星光透窗渗入，女子一转身，被子滑落地板。十三郎扭头走出室外，徘徊不止。

女子睁开眼睛，又闭上了，她听到了响遍整个下半夜的沙沙脚步声。

三天后，两人抵达泉州。在一处深宅大院的门口，十三郎一抱拳，转身默默离去。

女子倚门一笑，说，还是回家种地去吧。

十三停了停，说，我这就去。

"小李广神箭"十三郎为何要回家种地？因为，他早已明白，所谓压寨夫人苦命女子，其实，就是纵横江湖的侠盗吕三娘，世人不知，误为吕三郎。试问，谁能两刀割断纵横交错三浸三晒的牛筋绳索呢？森严山寨，又为何空无一人？那么，吕三娘又为何要与十三郎一同出逃？因为她要探查盛德镖局沿途明暗站点。"大盗"行事，多半匪夷所思。

夜行船

这是二百多年前的一个深秋傍晚时分，九龙江笼罩在一片迷迷茫茫的烟雨之中。

一艘货船顺流而下。

船上，有一位看似儒雅的年轻富商，手持斗酒，凭窗远眺，他的身后，肃立着两位精壮仆人。

"山雨空蒙，乱珠入怀，好个秋江行船。"

富商正陶醉间，岸边传来一阵阵呼喊声。

寻声望去，但见一位穿蓑衣、戴斗笠的老者，手持二尺余长的旱烟杆，踉踉跄跄沿江岸追赶货船。

富商顿时起了恻隐之心，喝令船老大停船，船老大说两岸崇山峻岭，百十里内荒无人烟，多有匪盗出没，恐其中有诈，不可不防。

富商自恃有金钱镖局八大高手护卫，一笑了之。

老者上得船来，就道谢不迭，说是要去漳州，运气好，搭了个顺风船。

富商见老者一副邋遢模样，皱了皱眉头，赏给他一壶酒驱寒，一挥手，叫他退出去。

老者说："公子，您的恩德，老朽定当报答。"

富商笑了："老吾老以及人之老，我看这荒山野岭，风雨交加，就怜惜你这老者，举手之劳，岂望报答？"

老者一听，怏然告退。

约莫过了一个时辰，风停雨歇，夕阳在山，斜射江面，浮光耀金。

富商想起这趟生意，一入漳州，就有千把两银子进账，正暗自得意，忽听舱壁砰砰连声，大为扫兴。此时，老者怀抱酒壶，抢入舱内，大叫有好酒岂能无好菜，欺人太甚了！

富商说："此人醉了，扶下去罢。"

两位健仆挟持老者，推入隔舱，老者兀自大骂，不久，骂声渐息，鼾声起伏。

健仆说："不识财务的老头，扔下算了！"

富商说："这又何苦？"

船过金沙，夜宿深山河湾。

富商问船老大，何以不投宿浦南村？

船老大说："前有险滩，夜船难行。"

隔舱鼾声如雷，吵得富商寝不安席，想到此乃可怜老者，富商又不忍斥责，于是独坐长吁短叹。

鼾声忽停，富商松了一口气，侧身而卧，不料不到半炷香工夫，鼾声又起。

忽听舱外人声嘈杂，火光映射。富商正自诧异，船老大手持尖刀，破门而入。

船老大说声得罪，老鹰抓小鸡似的将富商拎到船头。

船头，被五花大绑的健仆，瘫在船板上。金钱镖局八大高手及货船伙计，各操兵刃、持火把，凝立不动。

船老大狞笑说："这位公子，吃刀削面呢，还是馄饨面？"

富商长叹一声，闭上了眼睛。

突然三声炮响，两岸火光齐明，数十名捕快强弓劲弩，锁定货船。

一位老者飘然出列，手持二尺余长旱烟杆，朗声大笑："公子，别来无恙啊？"

玉面飞狐

　　烛影摇红，喧闹的唢呐声平静了，贺喜的宾客散去了，简陋的洞房内，孤儿阿三面对亭亭玉立的新人，呼吸变得格外粗重。

　　窗外，是一轮皎洁的圆月，一棵繁茂的桂花树，落叶有声。

　　阿三颤抖着双手揭开了新人的红盖头。

　　"啊！"

　　如此佳人，不会是仙女下凡吧？

　　新人玉儿粉面飞红，眼角含笑。

　　阿三说："娘子，俺们就……就歇息了吧。"

　　玉儿说："俺们家守着几分菜地，一贫至此，郎君且稍等片刻，俺去借些财宝回来。"

　　阿三大惊："你莫非果真是玉面……"

　　玉儿道："不错，俺们爹娘指腹为婚的媳妇儿，正是玉面飞狐。"

　　阿三说："咋这么急呐？"

　　玉儿说："今天是好日子。"

　　阿三说："可千万莫有闪失，俺等着娘子回来。"

　　玉儿一笑，一闪即逝。

　　半炷香后，阿三还在呆坐着，怔怔地望着一寸一寸燃尽的红烛。

　　忽背后吹气如兰，阿三回头一看，玉儿站在身后窃笑。

　　次日，阿三上街转悠，听得街市上传出惊人的消息，说是三十里外赵家堡恶霸堡主大院昨夜失窃，飞天大盗乃玉面飞狐，一照面之间，即射杀两名家丁。赵堡主横行乡里，怎咽得下这口气，立即悬赏千两黄金，捉拿盗贼。

阿三急奔回家，媳妇玉儿正在灶间生火做饭。麦饭的清香，弥漫草屋。

阿三说："你没事吧？"

玉儿一笑："身为人妇，金盆洗手了，不会有事的。"

阿三长吁了一口气。

这一日，玉儿早早出门，上街卖菜，日暮时分，急急返回，一进家门，就倚在柱子上大口大口地喘气，胸脯起伏不止。

阿三端上一碗茶水，玉儿接过，一口喝干，恨恨道："樊七，好个樊七！"

樊七是捕头，在南七北六十三省江湖上大名鼎鼎，奉调至此协查赵家堡窃金杀人案，一上手，就搜获到了玉面飞狐的踪迹。

这次，玉儿使尽浑身解数，方才摆脱追踪。

阿三说："今后俺去卖菜，你待在家，啥地方也甭去，啊！"

玉儿点点头，眼泪就涌了上来。

次日，阿三从菜园拔得一担鲜嫩青菜，上街去了。

刚到菜场，就被一高一矮的两个公门中人硬"请"进了临江茶楼。

阿三结结巴巴地说："两位大哥，俺要卖菜哩。"

高个子说："俺们全买下了。"

阿三说："一担十个铜板，中不？"

矮个子大笑："给你二十个铜板。"

阿三说："赶明儿，俺再送一担补给大哥。"

高个子说："没有明儿了。"

阿三说："咋会没有哩？"

矮个子说："你媳妇是玉面飞狐。"

阿三大喊："冤枉啊冤枉，俺玉儿……"

高个子大喝一声："住嘴！"

矮个子说："兄弟，你还执迷不悟，俺哥们这是救你，救你媳妇！"

阿三说："咋个救法？"

矮个子说："取出财物，就没事了。"

阿三信了，带着两个公门中人，往家里去。

到家了，媳妇玉儿正坐在门槛上缝补衣服。

阿三流着泪说："玉儿，咱们还了人家财物吧。"

玉儿不说话，一针一线，细细密密地缝着，良久，她打好一个结，咬断针线。

公门中人静静地站立一边，高个子说："玉面飞狐，上路吧。"

玉儿说："唉，我早知道会有这一天。"

玉儿将衣服递给阿三，凄然一笑，就上路了。

县衙公堂，县令在众衙役层层护卫下，提审五花大绑的玉儿。

玉儿长叹一声说："俺玉儿自出道以来，纵横江湖，不想竟栽在樊七手中，这樊七，莫不是神仙？"

忽听一阵哈哈大笑，屏风后转出一位干瘦矮小的老头，手持三尺来长的烟杆，悠悠然踱了过来。

"鄙人正是樊七，非神仙也，阿三就是……"

玉儿大喊一声好，口中飞出一根银针，直穿樊七咽喉。

大木桶

雨下得很大很大，这是一种乡间叫竹篙雨的，瓢泼而来，打得山间茶亭瓦片嘭嘭作响。

山猴师傅解下酒葫芦，美美地咂了一口，穿堂风吹来，他打了个哆嗦。他觉得有些饿了，移来堆放在茶亭角落的枯枝干柴，架起了小铁锅，生火煮饭。

茶亭是闽粤赣边客家地区常见的山间公益建筑，形制类似廊屋。

山猴师傅今天心情比较好，这个墟天，他在杭川墟做猴戏卖膏药，小赚了一笔。他抬眼看了看迷迷茫茫的重重山峦，嘟囔了一句什么。

铁锅咕噜咕噜叫了，大米稀饭的清香飘溢出来，又被穿堂风卷跑了。

山猴吱吱叫着，一阵劲风刮入，进来一位担夫，他的担子是两只大木桶，一只木桶是寻常木桶的三四倍大，油光闪亮的。

担夫轻轻放下大木桶担子，脱下淋湿的布褂擦头，大笑，我说有大雨吧，他们还不信，哼哼！

山猴师傅问道，兄弟您是？

担夫用扁担敲敲身边的大木桶说，挑担的，大家叫我大木桶。

哦，大木桶兄弟。

您老是？哦，做猴戏的，听说那梅州有个山猴师傅，跌打损伤膏药实实在在，一贴灵呐。

鄙人就是那个山猴，您看，我这不是有只山猴吗？

哈哈哈，香哪，米汤给一口么？

行呐，行呐。

大木桶就着一大碗大米稀饭，把随身带来的一叠大面饼吃了。吃完，说，您这山猴师傅，要米汤给米粥了，行呐，有麻烦事就来找我，千家村的大木桶。

雨停了。大木桶挑起担子，走出了茶亭。

山猴师傅看着大木桶一会儿工夫就转过了山脚，喃喃自语，两大桶满满当当的茶油呐，他咋像是不花力气呢。

山猴师傅离开那茶亭后，有二三年没有再见过大木桶了。这几年，山猴师傅行走江湖，也常听闻大木桶的奇闻轶事，一次在客栈听说，大木桶与人打赌，一口气吃下了一斗糍粑，接着，挑着一大担茶油噔噔噔上了十二排岭。

这一日是墟天，山猴师傅来到了闽西狮子岩。狮子岩在闽西粤东北交界处，山间小盆地间，一马平川，忽见一山突兀，形似雄狮。这就是狮子岩了。这里是仙佛圣地，香火旺，周边村落密集。

山猴师傅在狮子岩的一处空地，挂起了招牌，不等敲响三遍铜锣，就有一些散客围聚了过来。山猴师傅打足精神，拱手道："旗子挂在北门口，招得五湖四海朋友来哟。我这把戏啊，是假的，膏药啊，是真的。您哪，有钱捧个钱场；没钱呐，捧个人情场。我山猴都是感恩戴德没齿不忘。下面，我请我的徒弟，给大家表演一个猴哥上树。"

场地中间，立着一竹篙，竹篙顶，有一把青菜。

忽听人群间传来一阵骚动声窃笑声，但见山猴从一位乡绅模样者手中夺过一把香蕉，三跳二跳，吱溜上了竹篙，抓腮扰耳的，麻利地剥吃了，扔下了一片又一片香蕉皮。

人群中，爆发出一阵哄笑。

乡绅就走了过来，轻轻地拍了拍山猴师傅的肩膀，说，我说这位师傅啊，您说怎么办呢？

山猴师傅说，这死猴子，该死，该死，我赔我赔，仁兄见谅见谅。

乡绅笑了，赔不起啊，赔不起啊。

山猴师傅苦笑，不就是香蕉么，天宝香蕉也不贵啊。

乡绅还是笑眯眯的，是啊是啊，香蕉是值不了几个铜板的。可是啊，我这老病根，怕是治不了喽，过了赛华佗定的时辰喽。到时辰要吃香蕉治病的。师傅啊，您说怎么办呢？

山猴师傅冷汗淋漓了，支支吾吾的，呆立当场。

乡绅身后，是跟着几个壮汉的。其中一个灰衣人叫道，吃啥补啥，把那猴子逮来吃喽！

说到猴子，山猴师傅一下子清醒了，慌忙叫到，不成，不成啊，有话好商量，好商量啊。灰衣人懒得搭理他，走近竹篼，回头看了一眼乡绅。乡绅只是闭着眼睛，手动佛珠，叫声佛号，阿弥陀佛。

人们还没有看清灰衣人怎样劈手的，竹篼就齐整整地断了，竹篼倒，山猴就抓在了灰衣人手上了。

山猴可是耍猴人的命根子啊。山猴师傅提着铜锣，走近灰衣人，说，放下猴子。灰衣人笑笑。山猴师傅说，放下吧。灰衣人还是笑。山猴师傅说，放下！这次，灰衣人没有笑出来，因为山猴师傅的铜锣柄如闪电一般碰了他的左肩一下，山猴就蹲在山猴师傅的肩膀上了。灰衣人的额角上却滚出了豆大的汗珠。

这时，乡绅说话了，失敬啊失敬，蔡李佛拳哦。强龙压人啊。老师傅啊，明日午时三刻，钧庆寺，一决高下吧。说完，转身走了。

乡绅说的"一决高下"，其实，就是江湖上的"生死决斗"啊。山猴师傅呆立片刻，再也无心思卖什么膏药了，收拾摊子走人。

山猴师傅回到客栈。店主把他拉到一边，悄悄说，你的麻烦事一下子传开了，你来做把戏，怎么就忘了拜码头呢？还是溜了吧，往日，有多少好汉坏在他手底下啊。你打不过他的。他是谁啊，曾大善人啊，也有人叫他，叫他，笑面虎的。山猴师傅说，昨晚喝多了，你这米酒后劲大，误了拜码头了嘛。我不溜，能溜到什么地方去呢？店主欲言又止，呵呵呵，那个，那个什么。山猴师傅明白了，从贴身内袋掏出一个小包裹，层层打开，有一小根金条。山猴师傅说，这是住店钱。店主说，找不开啊。山猴师傅说，你帮我递个口信，就全归你了。店主问，谁呢？山猴师傅说，千家村的大木桶，就说那要猴的，有难了。店主把金条揣入怀里，说，我自个去，人到话到。

钧庆寺是千年古寺，在狮子岩下，雕梁画栋，花木扶疏，是清静之地。奇的是，闽粤赣边的武林决斗，多选择此地。

决斗台上，那位乡绅，也就是曾大善人，笑面虎，身边坐了一排人物，几个灰衣人凝立不动。乡绅大概是说了一个什么笑话，大家都笑了起来。这一边，坐着山猴师傅和几个梅州老乡，这几个老乡是来此地开店铺的，碍于乡土情面，来做个见证人。他们很是紧张，阳光不大，却不停地擦汗。台下，早已经是里外三层的人头了，一些小商贩来回游动，并不敢高声叫卖。

太阳高高地挂在天上，慢慢地向正中移近。几个梅州老乡不时地抬头看看天，又看看大门口，再看看山猴师傅。山猴师傅好像什么事都没有。

午时到，三通鼓响。钧庆寺一下子安静了。乡绅持青龙偃月刀、山猴师傅持木棍各自上前，分立两边。此时，走出一位道貌岸然的主事，朗声宣读了双方生死文契。主事指着台上日晷说，还差二刻开打，你们还有什么话要说呢？乡绅哈哈一笑，说，没有什么话。山猴师傅说，我在等一个人。主事问，他愿意替你决生死。山猴师傅说，能来，他就不会死。主事说，好吧。

时间过得很快，也好像很慢。就在主事要敲响开打锣声的关头，门外传来了躁动之声，但见一位担夫挑着大木桶荡开众人，直奔决斗台。

这担夫就是大木桶。他将大木桶放下，抽出扁担，黏在手上，说，耍猴的，你退下！

主事一看，笑了，大木桶啊，就是你来替换的？

大木桶说，唉，三伯公啊，茂盛油店差点误事了，挑油卖了，这就赶来会会曾大善人。

主事说，大木桶，你可知道规矩？刀枪无情呐。

大木桶哈哈大笑，决生死嘛。

主事无话可说，退下。

一声锣响，双方器械撞击，咔嚓只一回合，各自跳出了圈外。

乡绅说，停一下，大木桶啊，我问你话，你不是练家子，就是力气大些，打下去，没你便宜。你这是何苦呢？

大木桶说，我答应过耍猴的，有麻烦事就来找我。

乡绅说，大木桶，我们乡里乡亲的，我知道你和耍猴的非亲非故的，为什么？

大木桶说，要打就打嘛，哪有这么啰唆，就是为那一句话嘛！

乡绅静静地站在台上，看着大木桶，突然笑了，说，不打了，你不是练家子嘛，我怎么可以跟你打呢？走！耍猴的，走！走！走！大家都走！

乡绅缓缓地走下决斗台。台下嘘声四起。

乡绅站立，杀气满场，众人纷纷退开。乡绅挥刀，只一刀，将石柱一劈两半。惊讶声中，乡绅连青龙偃月刀也没有拿，孤零零地，拂袖而去。

点血形

我到达望江亭时，是一个春雨蒙蒙的午日。

汀江、梅江、梅潭河穿越了闽粤群山在此交汇，此地叫作三河坝，也叫汇城。

汇城原是粤东重镇，城墙高厚。如今的城墙，已经破败不堪，堞口上摇曳着一丛丛茅草。

千帆云集的景象远去了，四通八达的陆路交通基本终结了汀江韩江水路繁忙的航运历史。江阔天低，一条载沙船在缓缓滑行，隐隐约约的马达声传来。

望江亭内，还有一位卖荸荠的老人，他快捷而迅猛的削皮刀法，容易让人联想起隐居此地的世外高人。然而，我非常明白，他不是，他只是闲时做做小生意的当地老农。

"点血形"的故事，就发生在这里，那是一个非常遥远的故事了。就算是站在这里，我也很难还原出当初的情境，沧海桑田，时间会消磨一切。

家族传说中，有一个重要的节点，望江亭。也就是现在我站立的这个位置。那时，江湖中人——把戏师——我的六叔公正当盛年，这一个墟天他生意兴隆卖完了所有的狗皮膏药，收摊后，打发徒弟先回了客栈，独自来到了望江亭，掏出一把花生米，慢慢品尝。

也不知道什么时候，望江亭上来了另一群人，他们兴致很高，指指点点的，其中一人，吟了一首诗，其中一句是："三河坝水到潮州，一年四季水长流。"众人一片叫好声，六叔公却忍不住笑出声来。

那人慢悠悠地踱了过来，说，花生米好香哪。六叔公说，糠酥花生呐，您尝尝。那人说，多谢多谢，我牙口不好，没有这个福气哟，多谢，多谢了。说着，那人向六叔公摇摇手，走了，同来的那一群人手忙脚乱地跟了上去。

看那个架势，这一定是个人物了。六叔公后来对我们这些家族后辈说，我好后悔啊，人家吟诗作对，与我有啥相干呢？三河坝的水，是流到潮州的嘛，还能流向上游的汀州不成？一年不就是四季吗？水不是一直在流吗？断了不成？自古以来，还没有断过呢，那不是"一年四季水长流"吗？我为什么笑呢。我嘛，你们六叔公，跑江湖的，走遍江广福，势风还是看得出来的嘛，人家越客气，我这心跳得越厉害。我那狗皮膏药不是正好卖吗？我想啊，再卖一墟，回家去。不料，就这一墟，出事了。

三河坝三日一墟，三省边界客商云集。周边客家人提起三河坝墟，都说"系还漾哪"。"漾"就是热闹了，摩肩接踵好比韩江之水"荡漾"。

把戏师六叔公和徒弟早早地在汇城墙角下挂起了卖狗皮膏药的招牌锦旗，"祖传秘方"、"妙手回春"琳琅满目。接着，敲锣，吆喝，做把戏，都是些老一套了。这一墟，看热闹的人多，买狗皮膏药的人少，怪了。六叔公打起精神，正要施展"空手捉飞鸟"的绝活，忽听徒弟一声惨叫，被人一掌摔向墙角。来人拿着一块狗皮膏药，说，是不是你家的？六叔公接过，说，货，是我们百草堂的，朋友，干吗打人呐？那人不说话了，猛地一掌劈来，六叔公接过。那人一下子脸色变了，捂着胸口要走。六叔公扔给他三粒药丸，说，一日一粒，三日后，麻烦你到闽西千家村走一趟。

六叔公和徒弟收拾好摊子，看热闹的纷纷闪开了。人群中有好事的悄悄说，不敢动喽，点了血形呐，三日啊，他们回不到千家村，他的人也难说喽。

破铜锣

初五日上午，晴，我去桃地做客。

桃地在当风岭以北，重冈复岭，出产一种山桃，个小、皮薄、鲜甜。此时的桃地，已是桃花满山。摩托车沿山路上下盘旋，很快就到了桃地围屋。

围屋，又叫围龙屋，是南方客家人群族聚居的地方。桃地围屋，住了桃地李姓的几百号人。我要找的，是老同学李文才。文才早等在门口了。门口墙角坐着一位孤零零的耄耋老人，他的打扮有点奇特，穿灰色长袍，双手还捂着火笼。他正眯着眼睛晒太阳。文才说："三伯公，好回去吃饭了。"老人含含糊糊应了一声，就不说话了，哈喇子流在长袍上。

聊了大半个下午，文才和我一起回县城，出门，那位老人还是坐在原地，看到我们，嘟囔了一句什么话。文才笑着说："三伯公，吃饭了吗？"老人不理睬他，又眯上了眼睛。

我载着文才回县城，途中，我们在一处山顶凉亭歇息、抽烟。文才说，我那三伯公嘟囔的话，说来好笑，反反复复只有三个字。哪三个字？破——铜——锣，或者，扶——铜——锣。

破铜锣好理解，扶铜锣呢？费解吧？铜锣倒了，要扶起来吗？要说清破铜锣或者扶铜锣，得要先说说松口。松口是汀江韩江流域的一个大镇，船舶云集，赣南闽西粤东北大宗山货、潮汕大宗海货在这里"过驳"。汀江韩江是同一条江，是上游下游的不同称呼。松口是广东梅州的一个镇，牛得很呢，有"松口不认州"的说法。松口出过翰林公，出过大将军，出过好些个"赛百万"，传说，南明的王子就曾流落到那里隐居。

60多年前，民国时期，我的三伯公太，也就是我那三伯公的老爹。为了方便叙述，我们叫李老头吧。在松口卖铜锣，住在一个小旅馆。您写小说的，叫悦来客栈吧。这一天，晚，下雨了，春雨潇潇啊，天冷，李老头喝了几壶客家米酒回来，把铜锣担子放好，睡了。第二天是个墟天，李老头起了个大早。他发现他的铜锣担子上压着一个狮头，就把狮头放在地上，匆匆忙忙挑起铜锣担子走了。

这下可惹上大麻烦了。这狮头，是打狮班的"圣物"。昨晚，一群走江湖的打狮班随后住了进来，顺手把狮头压在铜锣担子上了，你现在把人家的"圣物"搞在地上，这不是侮辱了人家的"圣物"吗？这不是瞧不起人吗？

狮班班主，是一个络腮胡子，壮年，好似黑铁塔。头一日上午在码头表演，借口说场地不够宽敞，三脚扫开了三个几百斤重的大石墩。码头上的雇请人力费了好大工夫才挪回原处。这下，黑铁塔叫来店主，问是谁干的？店主不敢隐瞒，告诉他同住的是卖铜锣的老李头。

三伯公太，就是刚才说的老李头，正敲着铜锣沿街叫卖，猛然，一只手搭在他的后肩，老李头一转身就化开了。嘿，还是会家子哪，同行啊同行！失敬啊失敬！来人正是黑铁塔。这老黑就说了，把我的狮头弄在地下，本来叫你搞个猪头祭一下就算了，今儿个看来，你是有意瞧不起人了。没说的，决生死，米冈就很宽敞，日子时辰你定！说完，黑铁塔不容老李头辩解，扬长而去。

老李头一下子呆了。老李头走南闯北，社会经验还是很丰富的，他知道大事不好，就立马找组织来了。当时在松口的民间组织叫汀州会馆。会董听完，也很紧张，会馆刚好有了空房，就先安排老李头安顿好，叠脚来到悦来客栈，找黑铁塔求情。说了一大堆好话，赔钱，不行；祭拜狮头，不行；请酒席赔礼，还是不行。

回到汀州会馆，会董说，我说老李师傅呐，晚上您就溜了吧。老李头说，溜了，不就连累您了，我老了，无所谓了。这黑炭团不是太欺负人了嘛。给我七日好了，我叫我儿子来。

我们老李家，世代耕读练武，南少林的。南拳中，"洪刘蔡李莫"五大家，这个李，就是指我们李家拳。您知道，李家拳，又有叫"李家教"的。都成"教"了，功夫能稀松吗？老李头的儿子就是小李了，就是您今天看到的我那三伯公。您别看他流哈喇子的那样子，当年，他风光啊，听老一辈说，是我们武北六十四乡的头名教打师傅。这么跟您说吧，汀江码头，一般人扛二包盐，他呐，一次要扛五六包。

小李接到口信，第三天就赶到了松口镇汀州会馆。老李头关起门，指着条凳上的一堆"包纸"说，试试看。"包纸"，汀州名产土纸，坚厚非常，也就是过去的包装纸吧，以 42 张为一"刀"。"刀"是计量单位，意思是说，用刀切割齐整。小李提刀，凝神静气，大吼，猛力劈砍，刀入包纸四"刀"。老李头摇摇头，接过砍刀，挥刀斫杀，刀入包纸五"刀"。力道远胜儿子了。老李头擦了一把汗，说，儿啊，要决生死了，怎么还和刘五妹黏黏糊糊呢？小李一下子脸红到了脖颈。那刘五妹啊，就是我后来的三伯婆了，您还别笑，三个儿子，都在大城市当房地产老板，您要在福州买房，我说一声，给您打个折。

第七天，是个墟天。松口是个什么地方啊，松口不认州呐，热闹。中午，黑铁塔一行、老李头一行一起来到了米冈。他们进场的时候，有人看到他们相互间还笑了笑，打了招呼。

米冈果然是个好地方，远处，群山逶迤，韩江缓缓流淌。米冈，是群山怀抱间的宽阔土冈。正午的阳光，晒得人暖洋洋的。早听说有教打师傅在这里决生死了，赴墟的人陆陆续续赶到了，里外三层，人头攒动。

双方中人宣读生死文书后，便是一声锣响。黑铁塔和徒弟，各执耙头长枪；老李头和小李父子，各执木棍钩刀，一对一，两两相持。他们出手都很谨慎，兵刃间或碰击一下，又各自跳开。就这样进进退退，对峙了将近一个时辰。场中的双方累得连汗水也不敢擦，只是呼呼喘着粗气。场外的一些看客就有些不耐烦了，连声叫着，耙头上啊，钩刀上啊，长枪上啊，木棍上啊，中看不中用哪，做把戏啊，耍花招啊，怕死鬼哪！打啊，打啊！

太阳偏西了，日光斜射过来，向西逆光的老李头好像有些越来越不适应了，时间长了，岁月不饶人吧。那时，老李头手脚颤抖了，突然一个趔趄，往地上扑去。黑铁塔举耙迅猛前驱，说时迟，那时快，老李头一个"鹞子翻身"，举棍往黑铁塔腹下奋力一挑，黑铁塔腾飞空中丈把高，叫了一声，坠地气绝。

这一声叫，就是破——铜——锣。有人说，黑铁塔在七天的等待中，慢慢后悔了，恃强凌弱非武者所为；进场后，迟迟不进攻，一心指望双方中人叫停；当他看到老李头栽倒时，没有使出"铁牛耕地"一招，而是举耙向前，出自本能，想扶老李头一把，就此结束决斗，因此，他说出的最后一句话是——"扶——铜——锣"。

是"破铜锣"还是"扶铜锣"呢？小李一直迷惑不解。小李在漫长的岁月中，成了三伯公，到了他的耄耋之年，他就常常坐在围龙屋的大门边，念念有词，今天是"破铜锣"，明天又成了"扶铜锣"了。

在当地客家话中，"扶"和"破"差不多是同音字。

说完故事，文才问，您说呢？我把烟头踩灭，说，回城吧。

车行山路。夕阳映照的山冈上，有一树一树的桃花开放，山风吹过，又有一树一树的桃花飘落。不远处，汀江泛着迷离的波光。我想，这条大江，还隐藏着多少传奇故事呢？

凤栖楼

这日黄昏，阿财从古镇兴隆当铺回家，走过翠柳古桥，往西一拐，即走上了石砌路。石砌路伸向三铺半外的山脚，山脚下则是一个叫松山下的村落。

民国二十三年（1934年）秋天的斜阳懒洋洋地照在阿财的身上。秋风起，河岸芦花飞落，层层山间梯田翻涌着阵阵稻浪，南岭山顶有苍鹰盘旋，禾雀子鼓噪归巢。这年头，地处闽粤赣三省要冲的古镇，常成为百十股土匪贼盗的袭击目标，零星枪战，每日有之。阿财一路走来，未遇上一个行人。此时，他看到了松山下那平静而舒展的袅袅炊烟。

推开家门，媳妇正抱着一大把柴草走进厨房，阿母却在庭院内赶鸡子入笼。阿财捏了一把媳妇，媳妇忙把他的手扯开，朝庭院张望了一下，飞红了脸。

阿母在庭院外说："阿财，文凤伯搭话，喊你食夜。"

阿财应了一声。

文凤伯是阿财的亲大伯，是松山下陈家庄唯一的晚清秀才。有道是读书落魄算命医药，文凤伯却有一手看风水行地理的绝活，名动诸边，闲时云游四方踏遍青山，居家则以种花植树吟诗作对自娱。

阿财穿好中山装，别上一支自来水笔，出得家门，天色已晚了。

转入后山，走了一程，爬上九九八十一级石阶，便来到了凤栖楼土堡。

古镇一带，鸡鸣三省七县，地势险要，十万大山，兵戈四起，故民风粗犷，一俟秋谷登场，木材下山，即家家户户购置枪弹，积蓄渐丰，便构建土楼，邻里互为犄角，守望相助。民谚云："出门不带刀，不如家中坐。"又云："大围楼，大土堡，土匪来，拔根毛。"

土堡门前，有位粗汉兀自坐在石阶上吸烟。此人叫蛮古雕，系粤东人氏，前年偷牛事发，送官途中，逢到贵人，文凤以三百袁大头救出。蛮古雕长跪不起，铁定心肠，跟了文凤。

蛮古雕见阿财来了，说声凤伯等你呐。

阿财喊声伯，便来到了土堡厅堂，但见香桌两边太师椅上，端坐着凤伯和一位瘦子。

这位瘦子模样很是斯文，金丝眼镜配怀表，灰布长衫，一尘不染，一只戴白手套的手优雅地捏着火纸，轻轻一吹，火纸吹出火，咕嘟咕嘟地吸起了烟。

阿财一惊，此公大有来头，莫不是威震八方的兰亭先生？兰亭先生亦是晚清秀才，为凤伯同窗，琴棋书画，十分了得，比凤伯尤有过之。辛亥那年，闻风而动，率家乡八百子弟，走州过府，饱掠一番后，散尽部众，解甲归田，隐居梁野山下，而号令一出，闽粤赣周边三省七县百十股杆子，莫不唯他马首是瞻。传闻历任县长，下车伊始，即备厚礼往山中问计，名曰访贤。又传闻此公一年四季，均穿皮鞋洋袜戴白手套着灰布长衫架金丝眼镜挂瑞士怀表，人称此为大先生派头。

文凤伯说："侄哥，这是兰亭先生。"

阿财叫声先生，上前斟茶。兰亭先生抽完烟，长舒一口气，笑眯眯地打量了阿财一番，说："闲时读什么书啊？"

阿财说："三国。"

兰亭一笑："真三国假西游风（封）无影水无踪呢，还看什么哎？"

阿财说："唐诗。"

兰亭又笑："唔，好啊，熟读唐诗三百首，不会作诗也会吟。会打枪么？"

阿财说："凤伯不让打。"

兰亭说："好，兵者，不祥之器，圣人不得已而用之，读书好。"

说话间，八仙桌上已佳肴飘香。兰亭、文凤伯谦让一番后，分宾主坐定。君子之交，绿茶代酒。阿财作陪，照顾茶水。

席间，谈笑风生，兰亭又问了些诸子百家楚辞汉赋一类的话，阿财应对自如，兰亭频频点头，说孺子可教也。阿财一时得意，便伸出筷子夹了兰亭面前的鸡肉，文凤用筷子猛敲阿财，骂声不懂规矩。兰亭呵呵大笑，便夹起鸡腿往阿财碗中去。文凤见状，又挟回去，说莫惯坏小辈。双方一来一往，如此再三，末了，鸡腿还是放在了兰亭的碗中。

吃罢饭，再上茶，桃溪茶换成梁野山极品云雾茶。兰亭初闻茶香，连声称妙。两同窗谈兴甚浓，说些文坛掌故奇闻轶事，很是风雅。兰亭突然问何处为佳？文凤说龙行千里到此回头云卷云舒南山朝斗。兰亭想了一会，说声高明，便告辞了。文凤送出了老远。

送客返回，文凤便拿出两颗乌黑药丸，叫阿财尽快吞服，又将剩物连同碗筷茶器烟筒等一同倾入箩筐，叫阿财搭手抬往后山埋了。

回土堡路上，文凤问："侄哥，知不知为何以茶代酒？"

阿财说："君子之交淡如水。"

文凤问："为何用筷子打你？"

阿财说："小侄夹过河了。"

文凤问："为何吃药丸？"

阿财说："补药么？"

文凤又问："人家为何这等装束？"

阿财说："大先生派头。"

文凤再问："埋东西又为何？"

阿财说："伯看不顺眼。"

文凤说："唉，别人不知，我何尝不知！多年不来，何必再来！"

阿财吓了一跳："伯，你说什么？"

文凤说："无事，夜深了，侄媳等你呢。"

阿财想起了媳妇飞红的脸，心中一动，就说伯我回去了。

文凤一笑，说："伯今夜吃多了，明日的饭也不想吃了。"

阿财一听，欲言又止，便沿台阶走到山脚，回头看见凤伯仍静静地提着穿箩筐，在石阶上、凉风中、在溶溶月色下。

松山下村犬吠此伏彼起，房前屋后，秋虫唧唧，远山隐约，涧溪有声。

半夜，阿财正和媳妇细声说话，突然从山背土堡那边传来断断续续的炸响。媳妇说谁家妹子嫁人了，阿财静听，不吭一声。媳妇又说谁家后生娶婆娘了，阿财却失声痛哭："凤伯啊！"

阿财与众亲房叔伯操家伙火速冲入凤栖楼土堡。匪贼远飚，凤伯全家遭难，独不见蛮古雕。

众人破口大骂偷牛贼狼心狗肺恩将仇报，将举族追杀，决不宽恕。阿财却返回家中，将所有的书籍烧了，片纸不存。

三个月后的一天，有人发现了蛮古雕、兰亭先生及其两个神枪马弁铜铁疤头横卧南山朝斗，兰亭先生常年不离手的一双白手套却抓在蛮古雕手中。人们发现，兰亭先生双肩和心窝各中一弹，尚有鲜血流出，手掌溃烂红肿，五指齐平。

积善堂

这古镇名曰武所，即"武平千户所"，位于闽粤赣边崇山峻岭之间，地势险峻，控扼汀江、韩江水路要冲，古来为兵家必争和山货集散地。

古镇形胜，闻名遐迩，中有"一树遮三城"景观。树下有一巍峨恢宏的五凤楼，五凤楼门楣上赫然以颜体字书写着一行镏金大字"积善堂"。传说出自明朝开国元勋诚意伯刘基刘伯温先生之手。积善堂堂主何人？乃明初闽西神针二十三代传人张神针是也。

积善堂数百年英名不坠，誉满闽粤赣边，乃是岐黄之术高妙所致。几多游方郎中杏林高手暗藏杀机，千里迢迢来古镇所谓切磋医技，实则多半是来踢场子。古镇这块繁华风水宝地，有本事的谁不想在此大展身手？但数百年来，来客纷纷，无不落荒而逃。数百年风风雨雨的吹打，积善堂三字，依旧金光闪闪。

话说张神针常年一袭布衣，长髯飘飘，满脸红光，慈眉善目，寅时即起，窗户四开，走完一趟传自张三丰祖师的武当太极拳后，稍事洗漱，即端坐于积善堂布满华佗再世江南神针一类锦旗的大厅正中太师椅上，或诵奇经八脉道可道非常道，或诵环滁皆山也臣本布衣躬耕于南阳，或闭目养神参悟玄机。此时，天大的事不管，若有人擅自闯入，必严词训斥，决不留情。有一新仆好意送茶，蹑手蹑脚，甫一入门，端坐太师椅默想玄思的张神针双目暴射精光，如先祖燕人张冀德长坂坡之威风，大喝一声："杀人强盗，滚！"新仆惊怖，茶具落地，一副落汤鸡相，跪地苦苦哀求，张神针头也不回拂袖而去。当日，此仆即卷铺盖走人。

张神针治病救人，神验异常，妙手回春。这不仅仅是祖传秘方金字招牌吓人，真功夫硬功夫还是有的。话说古镇三省通衢，圩天自是人如潮，货如海。一圩日正午，古榕树下，人群里三层外三层密密麻麻，喝彩声不断，如雷贯耳。这可惊扰了积善堂清静，弟子小三仔来报，那汉子了不得。接连三次，张神针依旧端坐如故，不动如山，慢悠悠地替一位老者望闻问切，最后，轻轻提起羊毫，濡墨铺纸，气定神闲，用端端正正的颜体字写药方，嘱咐伙计抓药，然后，客客气气地送老者出积善堂，顺便踱出了门。

但见古榕树底下，一位精壮的客家汉子，一身短打，精神抖擞，正摆开四平马，左手食指徐徐推出。正面是一位病恹恹的山民，光着脊背浑身颤抖。随着精壮汉子的运动，山民的光脊背显出一块黑紫色的斑痕，黑气蒸腾直上古榕树顶，盘绕不去，良久，黑斑无影无踪。汉子收功，长嘘一口气问道："老哥，好些了吗？"山民道："咦，舒服多了。"众人道："伤病都断根了呢。"山民惊喜："是有伤，断根了？师傅好功夫。"山民掏出五块铜板过去，汉子二话不说接过，无意间看到一位挑箩担卖地瓜者，汉子叫道："哎，番薯卖不卖？"此人停下箩担说："卖呀。"汉子问："几多钱？"此人答："论斤论两还是论担？"汉子说："论担。"此人说："二十块铜圆一担。"汉子说："我带箩担家伙一同买了。"此人说："那要二十五块铜圆。"汉子从腰带上取出二十块铜圆，加上手头五块，一齐递上。此人赶紧抓过铜圆，走开时说："嘿，识货，大红心番薯，甜！"

汉子嘿嘿一笑，转身拍了拍山民肩膀说："挑上，走上三步看看。"山民支吾不敢动。汉子微嗔："你还想不想治断病根。"山民说："想呀。"汉子说："挑。"山民咬咬牙，挑起担子连走三步，嘿，神了！神啊！汉子笑道："你捧了个人情场，　箩担番薯搭箩担家伙送你了。"山民大喜，不知所措。汉子大声说："走哇。"山民挑起番薯，健步如飞，窜出圈子。

众人齐声喝彩。

"啪嗒"一声，八根棕索齐齐断开。山民惊回头："哎，师傅功夫了得，我不要了，样般好意思白拿您的东西？"汉子一怔，心中暗道，我没有发功呀，知遇上高人了。

张神针一袭布衣长衫，美髯飘拂，满面笑容地向各位熟人打招呼，顺手捡起一个番薯："哎，好大个番薯，试尝个新鲜。"咔嚓一咬，惊道："咦，样般个平平淡淡一点不甜哦。"说着随手抓起一把分送身旁几个看客。看客面面相觑，不敢吃。张神针径直走向汉子，还是满脸笑容："这位师傅，这年头，红心番薯样般么（无）甜呐?"汉子打足精神双手接过，一咬，果真清淡如水，一拱手，笑道："对呀，真个不甜呐，哎，那位阿哥，不甜的番薯我不好送人，莫怪了。"汉子说着收拾好摊子走出圈子，驳好棕绳，挑着要走："这位朋友莫不是张神针吧，多谢您呐，我有眼无珠，看走眼了，坏番薯当好番薯送人，我这就立马回罗浮山上去试种一种这担坏番薯，种甜了，我会挑上一担送到贵府积善堂来，孝敬您老人家。"

张神针悠闲地摸着长髯，微笑着地说："难得，难得，多谢，多谢，只要我这把老骨头还有那福气，我等着就是，后生仔，喝一杯茶再走哇，这大热天的，山上仙姑茶提神，莫急么。"汉子说："唔好麻烦您老人家呐，要赶回去种番薯呀，走了，回家了。"汉子说着闪入人流，摇摇晃晃地走远了。

众人这才回过神来，一咬手中番薯，哇呀，呸! 真是寡淡呢，还有怪味。

内行看门道，外行看热闹。众人窃窃私语，此时，张神针自自然然地慢慢踱回积善堂，一眼就看见了那块金光闪闪的招牌。

 # 止 戈

大雁南飞北返，积善堂前的古榕树叶一茬茬地换，三年过去了。

这年秋天来得特早。这一日，正在积善堂正厅太师椅上闭目养神的张神针惊悉一件古镇大事：古镇张、曾两族为争夺城东那块风水宝地又要大动干戈了，双方剑拔弩张，大战一触即发。

张姓族长张有财是位出了名的好汉子，多谋善断，文武兼修，主治河道营运，财源茂盛达三江，更兼有仁者风范，好仗义疏财，广结人缘，闽粤赣边，谁不竖起大拇指？更有一手好字一肚子好辞令，一身正宗南拳兼金钟罩铁布衫功夫，年轻时走遍闽粤赣三省，两根匣子炮，一袋金钱镖，罕逢敌手，尤其是枪法更是了得，十年比枪，十年称霸，如此了得人物，自然是振臂一呼，应者云集。

次日，徒弟又传来消息：族长已广邀同宗兄弟请帖纷飞，并周密部署全族壮丁，厉兵秣马，准备械斗。

次日，三省张姓同宗兄弟从四通八方启程赴敌。

次日，张族长家丁拜访积善堂，说族长大后日迎娶九姨太，请自家人神针伯去喝喜酒。

次日清早，秋寒袭人，落叶萧萧。张神针在积善堂正厅太师椅上闭目养神。

传来轻微的脚步声。

张神针微张眼。

唔，一位珠光宝气，婀娜多姿，水灵灵，光鲜鲜的倩妹条子静静地站在眼前，身旁是大红大绿装扮的半老徐娘媒人婆徐嬷。

徐嬷咯咯一笑，轻柔地说："嘻嘻，神针伯，您侄媳看您老来啦。"

九姨太："神针伯，您老人家好。"

张神针："哎，贤侄媳，请坐，来呀，上香茶。"

伙计上香茶退下。九姨太羞怯怯地把玩茶杯，好久不开口。

徐嬷喜气洋洋："我这妹子好福气哟，嫁了个好人家，这不是，金手镯、金戒指、金耳环、金项链……穿金戴银，财古头还说了，明媒正娶传宗接代，风风光光，享不尽的荣华富贵哟，还要配上两只金牙齿，啧啧，我这妹子唔知哪生哪世修来的好福气哟……"

张神针一摆手，徐嬷不说话了。

张神针说："贤侄媳，伯叫大徒弟小三仔给你装金牙，徐嬷呀，你辛苦了，也装一个，我会跟财古说一声。"

徐嬷一拍大腿："哇，早我就说神针伯妙手回春华佗再世，菩萨一般的心肠，又行善积德，子子孙孙发大财，做大官，住高楼洋楼，骑高头大马洋跑车，吃大鱼大肉……哎哟哟，我这徐妹子哪世哪生修来好福分哟……"

徐嬷抬头，张神针走远了。

财古娶九姨太的婚宴热热闹闹地摆了，三省边界许多头面人物都来了，古镇一时冠盖云集，嘉宾如云，宾主尽兴而散。财古更觉底气十足，连续骑马在大河岸打了三天枪，水鸭子几乎绝迹了。兵强马壮、人丁兴旺的曾家再次感到巨大的压力。

这一日清晨，秋风正疾，古榕树耐不住数番秋风秋雨，落叶纷纷，在积善堂门前打着旋子。一位老仆驼着背一划一划地扫着落叶。积善堂华佗再世一类锦旗挂遍的正厅太师椅上，张医师又在闭目养神了。

不徐不疾的脚步声传来，在面前打住了。

张神针知谁来了，微张开眼。

财古身如铁塔，立在一边，静若止水的表情上掩不住一丝愁苦。

财古："伯。"

张神针："财古，来了，坐呀。三仔，上香茶。"

上香茶。财古慢慢地品尝，不说话。

张神针："一方水土养一方人呐，乡里乡亲的，你这是做脉个（干什么）？"

财古："伯，我不行了。"

张神针："脉个（什么）不行，本事大着呐。"

财古："伯，我不行了。"

张神针："多积点德，化干戈为玉帛，铸剑为犁，打输了？"

财古："伯，我还没打，我没力气了，我真个不行了。"

张神针："废话。"

财古："伯，那命根子拼命缩……缩头。"

张神针蹦地跳起，又静静坐下，轻声说："脱，我看看。"

财古遵命。

张神针："手，伸过来。"

财古遵命。

张神针切脉，点点头又摇摇头："龙虎交合，风雨大作，喜怒无常，五劳七伤，经络失调，元气大伤，幸好仅伤其表，未及骨髓，幸好幸好。"

财古："伯，有救？"

张神针："财古头，不是我说你，不是自家人我懒得说你，你一个读书人会家子弄成样般（这样），真是糊涂虫笨伯公猪头三一只！"

财古："伯，有救？"

张神针长叹一口气，从药柜里摸出一把乌黑药丸，数足了一百零八粒用草纸包好送过去："财古头，回龙汤，一日一粒，一百零八日，自然见效。"

说罢，张神针气定神闲，拈起羊毫，濡墨，铺纸，端端正正地用颜体字写下：回龙汤、制怒。

财古如释重负，笑了："伯，好字。"

财古当即偃旗息鼓，罢兵言和，静养一百零八日。黑药丸回龙汤制怒妙方果然神效。一百零八日后，闯关东在张大帅帐下当手枪营长的曾三爷赶回古镇，单枪匹马挑战。按规矩，双方比枪。那时，四乡八邻，万人空巷，云集大河岸。比枪比尽了花样，还是打了个平手。双方惺惺相惜，握手言和，当着古镇父老兄弟面子，立下和约，睦邻相处，誓不再战。那时，当财古响过最后一枪的时候，顿时觉得那东西豪情勃发，大胜往日。他突然想起了九姨太的金牙齿，感觉到大有玄机，一时恍恍惚惚。

其时，张神针正躺在他那挂满华佗再世一类锦旗的积善堂正厅太师椅上闭目养神。

飞毛腿

在武夷山脉南端、南岭北端交界处的福建武平境内，有一座高耸入云的大山。这山，叫梁野山。梁野山下，有一个村落，就叫梁山下村。

话说多年前，村里有一对密友，一个叫富城，一个叫钟孟德。富城是富甲一方的大财主，而钟孟德则是私塾先生。

一个是富翁，一个是落第秀才，怎么会成为密友？原来，这两人既是同窗，又好围棋，且实力相当，远近百里再无对手，常三天两头下棋，怎么不会成为密友？

这一天，是初春的一个阴雨天。富城来到桃花坞，找孟德下棋。话说这桃花坞，隔一弯绿水，与梁山下村村场相望。孟德见此地风景秀丽，便单家独户构建居室。也不知过了多久，窗外下起了大雨。突然有人猛敲门，孟德虽不悦，还是开了门，进来的是位老叫花子，被大雨淋得像落汤鸡，浑身发抖。孟德见状，便叫来妻子，弄一套旧衣裳给他换了。老叫花子临走，说了声："这宅基右侧山坡，千里来龙，到此结穴，是风水宝地。"两棋友一听，哈哈大笑。

雨停了，棋瘾也过了，富城就回去了。

这夜，孟德因赢了棋，高兴，多喝了些酒，便早早地睡了。

次日醒来，孟德大吃一惊，四周桃李树木不见了，成了鱼塘，鱼塘四周，则是一畦畦青菜，还挂着露珠。这是怎样回事呢？

怪事说来就来了。富城带着一帮人，手持地契，翻脸不认人，说这鱼塘菜畦是他家的，要移迁祖坟到此，敬请孟德一家早日搬走。孟德破口大骂，富城等人却扬长而去。

孟德告到了官府，无奈富城钱可通神，孟德官司打输了，一输再输。孟德一气之下，便悬梁自尽。妻子见状，也跟了去。

这个孟德一家算是家破人亡了？这话说早了。孟德有一子，年方十八岁，名叫玉山，因结交非人，专好偷鸡摸狗，偷香窃玉，被孟德赶出了家门。

这日，玉山正在怡红院鬼混，听得噩耗，却不动声色，谈笑自若。入夜，玉山失踪了。

玉山哪里去了呢？

玉山来到了梁野山均庆寺，苦求武功盖三省的大德方丈收为徒弟，传授武功。大德方丈一声佛号，便闭门不出。玉山于是长跪山门三天三夜。

第三夜，玉山昏倒了，被大德方丈救起，收为徒弟。

说是收为徒弟，大德并不传授武功，成天指使玉山干些扫地、砍柴、挑水、做饭等粗活。玉山为学武报仇，也便忍下了。这样，过了一年多。

元宵之夜，玉山独自坐在烛光前，眼泪直流。

此时，大德方丈来了，递过一个陶钵，叫玉山连夜到山下三元百年老店，买碗汤圆回来，要热的。

山上山下来回，足有四五十里。玉山起初愤愤不平，转念一想，便应了一声，捧过陶钵下山去了。

玉山气喘吁吁返回均庆寺时，天亮了，汤圆冷了。大德方丈说："此后，每日如此，何时汤圆热了，何时教你绝活。"

这样，玉山在山上山下奔走了三年，最后，捧回一钵热汤圆时，一炷香还没有燃尽。

这日，大德方丈唤来玉山，说："徒儿，你该下山复仇了。"便如此这般定下了一计。

玉山来到梁野山南二百五十里外的广东梅县开了一间山货店。三个月后的一天下午，玉山在梅江酒楼喝得大醉，硬要一盘泥鳅胡子。店家做不出这道菜。玉山便乘醉砸了这家店的招牌。庄主火了，唤人将这福建武平佬扭送进了县衙。县令见醉汉闹事，判了赔款，打了一顿板子，当场放了人。

当夜，玉山飞奔回福建武平，将熟睡的仇人富城飞刀射杀后，飞速返回广东梅县。

次日一早，玉山请来梅县贤达，又唤来了一班人，抬猪牵羊，一路鞭炮炸响，向梅江酒楼赔礼道歉。

话说武平县令接报大财主富城被杀一案，便去现场勘查，断定是仇杀，最后，认定玉山最为可疑。

武平捕快来广东梅县捕人。梅县县令哈哈大笑，出具玉山酒醉砸招牌一案具结公文，又唤来梅江酒楼掌柜，证实次日早晨玉山赔礼道歉一事。梅县县令笑道："一夜奔走五百里来回杀人，此非人也，乃神也。"

# 断　伞

"徒儿!"

"在!"

"顺着你的左肩看去。"

"是。"

"……"

"你看到了什么?"

"天柱峰有茶花千朵。"

"没有了?"

"第一千零三朵上有两只爬行的黄首绿身黑尾二爪六腿十八脚蚂蚁,不,现在是三只,二里一外。"

"徒儿!"

"在!"

"再顺着你的右肩看去。"

"是!"

"现在你看见了什么?"

玄机剑顺右肩望去,心中波澜起伏,百感交集,右肩三千六百五十三步的地方,赫然耸立剑痕纵横的试剑石。

山上十年,人间千年。

这试剑石记载了玄机剑十年寒山三千六百五十三天的血泪、血汗,记载了三千六百五十三次的日出月落、花落花飞。

十年前一个冬日。

玄机剑历尽千辛万苦，疏散了万贯家财，挥泪送别千娇百媚的红妆翠袖，翻山越岭，上得山来。

山门森严。

绝尘道长仙踪缥缈，来如风雨，去似微尘。

玄机剑跪立试剑石上，一跪就是九天九夜。

时值严冬，武当山势高寒，鹅毛大雪，漂泊而来。

武当山银装素裹，积雪使紫霄宫的飞檐折落。

玄机剑跪立试剑石，身上积雪融化，渗入褐衣，渗入肌肤，渗入骨髓。

第九天，玄机剑还是长跪不起，积雪已没过膝盖。

从紫霄宫西南方向飞来一群乌鸦，在苍凉灰暗的天空中鼓噪盘旋。

玄机剑如泥塑，如木人，生命的元气似游丝飞逸。

最后，玄机剑轰然倒地。

群鸦飞速俯冲而下。

但在半空中，群鸦一一如断线的纸鸢，摇摇晃晃，扑落雪地。

片片黑色羽毛，在雪白的天地间，纷纷扬扬。

……

"徒儿，你看见了什么？"

"我什么也没有看见。"

"是么？"

"空明清虚，本来什么也没有。"

"好，你下山去吧！"

"谢师父！"

"善哉，善哉。"

玄机剑甫出江湖即震撼武林。

秋七日：斩黑白双鹰。

秋八日：独闯江南神威武馆。

秋十二日：灭西域神魔。

秋十五日：诛黄河七煞。

秋十七日：斩关西旋风刀。

秋二十日：沧州夺魁。

秋二十三日：取紫禁城九龙珠。

秋二十五日：剪龙虎镖局。

秋二十九日：独闯少林。

……

冬三日：挑战少林智空长老，未果。

冬九日：诛崆峒神魔。

冬十四日：灭粤东十三剑客。

冬二十日：挑战天山剑，未果。

冬二十一日：废峨眉神尼。

冬二十三日：问剑梁野山。

冬二十九日：空白。

现在即是冬二十九日。

这里是武当山。

紫霄宫巍峨、沉重。

冬二十九日，冰雪连天。

冬二十九日，杀气凛冽。

冬二十九日，应该是绝尘道长的末日。

玄机剑头戴竹笠，身披黑色斗篷，黑色斗篷在寒风中飞扬飘逸、舒展，画出一条条粗犷有力的弧线。

漫天飞舞的雪花，飘落竹笠，扬起晶莹的寒光。

玄机剑负手伫立在雕栏长阶的尽头，神情冷峻。

现在正是冬二十九日的第九天。风停，雪霁，第一道晨曦正从东列群山破隙而出。

霞光万道中，武当山冰雕玉砌，奔向长天尽头。

玄机剑一直伫立着，这时，他缓缓地睁开了双眼。

他看到了阳光中逆光飞翔而来的一只苍鹰。

在霞光中，在雪山上，一只神武雄健搏击长空的苍鹰。

玄机剑笑容一闪即逝。

就在这个时候,积雪已渐渐消融,阳光很美,寒风凛冽。

紫霄宫雕栏长阶的最末端,出现了一位孤寒、落拓、疲惫不堪的老者,老者佝偻着身子,踉踉跄跄地拾级而上。

老者三步一停息,不止地咳嗽,不止地喘着粗气,气息在寒冷的空间化成一道道气浪。登上这么百十级台阶,老者整整花费了近一个时辰。

太阳已移到了紫霄宫的顶上,积雪冰柱已开始滴落,水珠滴滴答答地打在玄机剑的竹笠上,砰然有声。

玄机剑临风独立,此时意味深长地一笑。

"师父别来无恙啊!"

老者慢慢地抬起头,混浊的目光盯着玄机剑良久,摇摇头,一跛一跛地擦肩而过。

"师父停步!"

老者麻木的脸上掠过一丝惊讶,嘎声道:"师父,谁是师父?"

玄机剑飞速拔剑。

剑无情,铮然飞出。

好一把神剑,湛卢剑。

剑射寒光。

寒光逼人。

老者连连后退了数步,用手遮着眼睛,竹伞悄然落地。

"剑,嘿嘿,好剑。"

玄机剑冷冷道:"你认识?"

"认识,认识,十一年前我有一把,送给我徒儿了。"

"谁是你徒儿!"

"徒儿死了,死了!"

"胡说!"

"徒儿死了,死了,十一年前就死了。"

玄机剑一怔。

"你徒儿没死,死不了!永远不死!"

老者闪过一丝喜悦。

"死不了?"

"天下第一剑永远不死!"

"永远……不死!"

老者茫然地摇了摇头,目光似空洞无物。

"但你的末日,就在今日。"

"我的末日……末日?"

老者眯着眼,穿过紫霄宫的飞檐斗角,正对和煦的阳光。

老者回过神来,目光一亮。

"你的剑虽利,可以削断这柄竹伞吗?"

老者的目光精光乍现,令玄机剑心底发寒。

"竹伞?"

"竹伞!"

玄机剑冷笑一声,运气剑刃,剑光一闪。

竹伞拦腰削断,竹节斜飞,插入殿柱。

但与此同时,玄机剑眼睛一黑,喉咙有一种甜丝丝感觉,竹伞的另一半已穿喉而过。

玄机剑一头栽倒雪地。

伞头钉入殿柱,犹喵喵作响。老者一步一步走向紫霄宫,咳嗽声更响了,传出很远很远。

风停、雪霁、阳光很好,好一个武当晴雪。

 # 梁山论剑

闽西梁野山，乃武夷山脉南端主峰，高耸入云，仙气缥缈，林壑幽美。其上有古母石，傲立南天。登高一望，但见闽粤赣三省田野如棋局，村落处处，有茂林修竹，炊烟袅袅，千里汀江于群山之间自北而南如玉带蜿蜒飘荡，时有白帆点点，乘风鼓棹。

梁野仙峰乃汀州武平八景之首。哪八景？曰：梁野仙峰、石径云梯、平桥翠柳、龙岩雨霁、丹井温泉、龙河碧水、绵洋古刹、人世蓬壶。

话说明洪武年间，汀州府出了一位大剑侠，惩恶扬善、除暴安良。其二仪剑法，纵横闽粤赣三省无敌手。剪径黑道三百余武林高手，为二仪剑法一年之间横扫而俯首称臣。从此，千里汀江，魔焰收敛，商旅畅行无阻。

所谓二仪剑法，乃道学精奥，一极生二仪，二仪生四象，四象生八卦……演化而成，精深莫测，变化无穷。

此大侠者谁？武状元也。其人风神飘逸，好读书，好击剑，视之如命，年少入武当山，得紫霄宫微尘道长列入门墙。十年寒暑苦功，学成下山，纵横大江南北，晋京会试，三试夺魁，殿试钦点状元，人称武状元。闲六潭影日悠悠，物换星移，今失其名。武状元率军东征西讨，转战南北，屡立功勋，因厌倦仕途，遂隐迹江湖。

此日，秋高气爽，高天一望之间，有大雁南飞，满山红叶，迎风飘舞。

武状元登上梁野山古母石，游目四顾，秋色迷人，突然悲从中来，呆立峰顶，形如木石。

　　牧羊女手执竹鞭，一群白羊沐朝晖沿山脊迤逦而来。霞光中，牧羊女飘飘若凭虚御风。

　　牧羊女笑问："壮士可是名满天下的武状元？"

　　武状元苦笑："武状元已死了。"

　　牧羊女："状元，你骗人。"

　　武状元仰头饮尽壶中美酒，酒葫芦画一道曲线直坠山崖："去，去，小女子，牧羊去。"

　　牧羊女："武状元不该死呀。"

　　武状元淡淡道："满堂花醉三千客，一剑霜寒十四州，花开花谢，人聚人散，剑气不存则剑亡，剑亡，昨日死今日死虽生犹死。"

　　牧羊女笑道："你看我手中拿的是什么？"

　　武状元摇头："竹鞭，牧羊女子的小玩意而已。"

　　牧羊女："不，你错了，是剑。"

　　武状元仰天长笑："是剑，剑为竹，竹为剑，竹剑剑竹。"

　　牧羊女："状元不信？"

　　武状元醉意蒙眬，反手飞速抽剑，剑光一闪，手中是一把光华四射的龙泉宝剑。

　　武状元呵呵直笑："那么，小女孩，这又是什么？"

　　牧羊女："不过是炉中凡物。"

　　武状元："嘀，小女孩，你可知道它醉饮多少恶徒鲜血？"

　　牧羊女不动声色："不知道，我只知道飞鹰帮、长龙帮、梅花帮恶徒一夜之间于此剑之下俯首称臣。"

　　武状元一怔："些微末枝，传闻何以一至于斯。"

　　牧羊女话锋一转："状元剑虽利，可以削断这把竹剑吗？"

　　武状元笑道："师兄桀骜不驯，死于恩师竹剑之下，已成笑柄，你个小女子，又有何能耐？"

　　牧羊女临风独立，衣袂飘飘，持竹鞭，拭目以待。

　　"状元，请。"

　　武状元漫不经心地挥出一剑。

竹剑断，断剑直刺武状元咽喉。

白云飞处，竹剑刺空。

就在这一瞬间，群羊惊起，奔向悬崖。

一母羊失蹄坠落悬崖，乳羊哀号悲鸣。

武状元不忍母羊遭劫，飞身抢得母羊，回身古母石。

霞光中，牧羊女轻轻挥动竹鞭，驱赶一群白羊凌虚而行。半空，传来牧羊女轻柔悦耳的声音："状元，能活人之剑，是为好剑，是为不死之剑。"

此女子谓谁？

读者朋友您猜对了，乃世居汀州武平南岩之何仙姑也。

二仪阴阳清虚剑

江边。

草滩青绿，一树寒梅在冬日的阳光下，随微风摇曳。

"嚯。"

"铮。"

二人同时以闪电般的速度抽剑。

龙玄、文风彼此凝重的眸子里，包含着复杂的感情，然而既已出剑，在染血之前均绝对没有收剑的理由。

江风袭来，梅花飘落。

"玄兄，假如你先倒下去，我们会来江边看你的。"

"你们？"

"我们！"

"我们也会常来江边看你的。"

"此处一弯绿水，芦花飞落，伴孤月长眠，想来也不会遗憾。"

"不过，死总算不是很好的事。"

"不过，谁先倒下，只凭天意了。"

"都倒下呢？"

"魂归何处？"

魂归何处？两人似乎同时闪过宝珠晴岚闪过翠薇楼闪过凌瑶姬那迷人的倩影。

凌瑶姬者，乃青楼女子也。

古汀州府，兴于唐宋，闽粤赣三省通衢。有道是"风月、丹灶、晴岚、古洞、神泉"八景十二胜，独步诸边。

"宝珠晴岚"即"晴岚"也。

宝珠晴岚云起云飞处——翠薇楼是也。

谚语云——不玩不赌，不去汀州府。

翠薇楼是汀州府最佳去处。

翠薇楼主是倾国倾城的绝世佳人凌公主凌瑶姬。

这一日。汀州奇寒大冻三日之后，空中竟纷纷扬扬飘洒起雪花来，一时汀州八百里崇山峻岭，银装素裹。

汀州山清水秀，林木郁郁葱葱，百年之间，难遇瑞雪。

可毕竟是下雪了。

于是，有人说瑞雪兆丰年，有人说冬吟白雪诗，有人说江南大雪大如席，更有人说好雪呵好雪好雪好雪。

于是，达官贵人、文儒才子、大小商贾财主及其妻妾仆奴猫狗，携酒策马驾车，踏雪寻梅，指点江山。

汀江两岸，游人如织。

广袤的原野上，点缀些翠羽丹霞，更梅花遍地，白雪纷纷。

文风，龙玄二人二骑，纵马南山。

一路见寒梅点点，傲雪挺立，心头不由一阵振奋。

寒风凛冽，瑞雪纷纷。

龙玄文风，一玄一素，雪地上倒映出迷离变幻的影子。

自梁野山清虚道观出道以来，龙风形影不离，二仪阴阳清虚剑联袂出阵，所向披靡。

昨日一战，并决白鹤十三剑客，十三剑客形意六合北斗七星阵纵横一时，作恶多端，从此于江湖绝迹。

龙风云游天下，如影随形，目的极其简单——征服天下剑客。

天外有天，山外有山，这是"不可能完成的任务"。

无论何时何地，龙风给予敌手只有两种选择。

其一：抛剑称臣。

其二：死。

如此严苛的选择，在决战之前，谁都不会接受；在决战之后，任何一位真正的剑客，宁可选择死而绝不选择屈辱的生。

有时候，虽死犹生。

有时候，虽生犹死。

因此，龙风在每一次决战之后，每一次擦拭血剑时，凝视剑上光华，均不约而同涌起一种悲凉之感。

世上，还有什么比没有敌手悲凉？

想不到，一树傲雪寒梅，使龙风心头居然如此振奋。

罡风阵阵，夕阳斜照。

远远望见汀州古城袅袅不绝的炊烟。

"回去吧。"文风道。

龙玄不语，凝立，望着宝珠峰那边出神。

除了临阵对决，能够让龙玄如此全神贯注的事实在太少了。

文风只是轻轻一瞥，也呆住了。

一辆锦绣推车碾过冰雪，缓缓而来，两道印辙深深浅浅地走向山的近处。

山的近处是翠薇楼。

凌瑶姬一袭紫裘披肩，云髻高耸，侍儿扶起娇无力，雪白的脸冻得微红。

她向一树寒梅走去。

莲步轻摇，每走一步均散发出醉人的光波，因为她的气息，雪地里居然奔出几只未冻僵的蝴蝶，上下左右翻飞。

不多久，蝴蝶伏在凌瑶姬的紫裘披肩上，只是偶尔抖动她凄美的双翼。

侍女哇地叫了一声。

"——公主。蝴蝶！"

"蝴蝶？"这是极柔美的语调，仿佛古琴宫商角徵羽上发出的一丝清音，寒气顿时消失。

就在她蓦然回首的一瞬间，她望见了山坡上一玄一素的英俊青年，那种傲然天地间的豪情，令凌公主怦然心动。

她嫣然一笑。

就因为这回眸一笑，龙风双剑寻芳问柳翠薇楼。

翠薇楼——亭台楼阁，雕栏画栋重重，彩云飞渡，翠薇连天，果然是风流客们的好去处。

远上宝珠峰，龙风隐隐约约听到的清悦琴声，到此更是缥缈迷离。

"间关莺语花底滑，幽咽泉流冰下难……"

一种清淡清雅，一种幽怨失意，一种无边无际的惆怅与愁思，在她的琴弦上跳跃、变幻，似万道金光穿行山间，穿行宝珠晴岚。

弦断。

千古知音难觅，不知谁为知音？

凌瑶姬轻移莲步，珠帘轻卷。

室内红烛飘忽，窗外数点寒星。

龙风自出道以来，双剑合一，自称天下无敌，走遍天涯，然而，风月场中却怎么也容不下双剑合一。

龙风彼此凄然一笑。

是该凄然一笑，龙风皆觉得凌瑶姬的秋波闪烁，风情万种，只是因为自己。

龙风在一笑之后，转身离去。

这时，凌瑶姬在摇曳不定的烛影下，轻声长叹。

江边。

寒梅数点，白帆数点。

二仪阴阳清虚剑飘荡着一种阴冷的杀气，三年来，多少敌手在此双剑下身首异处，龙风说不清楚，或者根本不愿说清楚。

龙风只明确一点——一日未见鲜血，二仪阴阳清虚剑就会同时在匣中嘎嘎长鸣。

龙吟虎啸，双剑又长鸣。

此时，血溅双剑者是谁？

剑已出鞘，文风问——魂归何处？

龙玄答——翠薇楼！

不错，是翠薇楼，江岸边珠宝峰，江岸边翠薇楼。

双剑撞击，似疾雷闪电，龙风双方内劲轻功定力剑法均同属上乘，姬剑至柔似水，龙剑至刚似铁，一阴一阳，交错杀伐，相生相克，姿势快捷迅猛，优美之极，就连剑声亦如天上仙乐，令人迷醉。

但，龙风谁也没有醉。

日出，晨曦染红了汀江两岸，染红了天际，像血。

龙风纵横来回，似游鱼滑翔于江中，鹰隼搏击于苍穹，龙吟虎啸于寒林。

两岸寒梅，竟无一飘落。

这很容易使人联想起一玄一素蝴蝶在花间绿树翩翩穿行。

龙风绝非什么蝴蝶，是杀人如麻的冷血杀手，是江湖震惊的阴阳双剑。

冷血成热血，就更可怕。

此时龙风彼此已热血沸腾，心头血涌，因为他们又听到了隐隐传来的翠薇楼幽怨琴声。

阴阳双剑剑锋抖然一转。

阴阳剑上，同时幻化出七道彩虹。

彼此心中了然，千百次征战同袍，心息相同已到极点。

"同归剑法！"

是同归剑法！

同归剑法乃二仪阴阳清虚剑一百零八式中最后一招，剑法展开，可力敌十倍劲敌，但彼此却难以幸免，同归于尽，故称同归剑法。

师祖师叔祖双剑合一，纵横海内，无一敌手，悲从中来，彼此搏斗三天三夜，双双含笑死于同归剑法。

紫金峰，荒坟犹存。

师父师叔阴阳双剑，纵横江湖数十年，仍未试同归剑法，彼此探奇心起，不出三百招，顶尖高手竟也双双喋血梁野山。

梁野山麓，冷月无声。

这边是七道冷色彩虹。

那边是七道暖色彩虹！

雪后初霁，寒风，冬日的阳光静静流淌。

两道彩虹以电光石火般神速相互撞击。

两道彩虹同时销声匿迹。

落英缤纷，寒梅片片飘落。

龙风同时轰然倒地。

一团粉红色的影子飘忽过来，这是一位年青英俊的公子，手持折扇，悠悠然似闲云野鹤。

公子俯视着双双倒地、鲜血飞溅的龙风。

"两位大侠，别来无恙啊？"

如此熟悉的语调——踏雪寻梅时的凌瑶姬？

龙风迷迷茫茫，迷茫的目光望着羽扇纶巾、超凡脱俗的陌生公子，大惑不解。

"大侠何必难过？"公子悠然道，"我非沉鱼落雁、国色天香，我乃凌剑飞。"

"凌剑飞？"

龙风做梦也没有想到凌瑶姬居然会是汀江盐税太监凌剑飞。

纵横江湖的二仪阴阳清虚剑传人，竟然为一阴阳人而死。

丑名远播的汀江盐税太监凌剑飞。

龙风气若游丝，功力全失，已成昏黄欲黑的残烛，熬不了一时片刻了。

"安歇吧，朋友。"

红云飘忽，渐渐远去。

"可遗憾的是——我不会再来江边看你们。"

可遗憾的是凌剑飞的最后一句话，龙风永远也听不到了。

江上白帆点点，清风徐来。

 # 武跛子

壬午年正月，有客从粤东来，此客系大坝子人。所谓大坝子者，广东省梅州市蕉岭县广福镇之俗称也。

二十年前，闽西岩前及毗邻山丘有"矿子"（锰矿），常有乡民露天自采自卖。其时，笔者在"大江湖"（小地名）读初中，某日逃学到山上，一乡民困倦倚坐矿石堆之侧，笑眯眯地看人。

此人原系民办教师，后来又当不成了，就来打矿，很会讲古，一讲就是半个多月。我至今还记得他那大雅大俗的故事以及山丘上那灿烂的阳光。

多年之后，他来边界县城做生意，竟然还能找到我。岁月沧桑，然而客人豪放依旧。酒过三巡，他又讲古了，这次却是武林掌故，名曰：武跛子。

话说某年某月某日，某地某富豪打开大门，见门前卧伏一位衣衫褴褛且颇壮实的矮古，此人饿昏了，富豪一念之仁，救了他。矮古跛了一条腿，自云家乡遭了水灾，流落至此。

富豪收留了他，矮古老老实实，干活肯下苦，常常早出晚归，一人干二人的活，人也和善，低头走路，细声说话，无事之时便缩入长工土屋闭门不出，安安静静。

富豪自恃救过矮古一命，又见他是外乡客，派活重，粗衣恶食，唤矮古"跛子"，矮古唯唯诺诺，并无不悦神态。

某年某日，矮古上山，砸坏了锄头，富豪大骂，罚了一月工钱。

某年某日，矮古挑粪下地，断了畚箕脚，当月工钱又没了。

某年某日，矮古牵牛出门，踩了一垄番薯苗，不用说，又挨了一顿骂，这月工钱又拿不到了。

矮古自认倒霉，唉声叹气，一脸苦相。

过完元宵，又要作田了，矮古一大早就前去叩见东家，结结巴巴地说，感谢救命之恩，三年了，想回家。

富豪说，辛苦了辛苦了，应该回去了，明日去管家那里取三年工钱吧，俺替你留着呢。

矮古感激不尽，热泪盈眶。

次日，管家领矮古去库房取钱，足数光洋三十块。这晚，矮古在油灯下数了又数，眼泪流了好几回，就把钱袋压在枕头下，吹灯歇息。

半夜，忽听外头人声喧闹，大喊捉贼，折腾一阵后，便有一群壮丁持火把破门而入，搜去钱袋，把他揪出晒谷坪。

晒谷坪火把明亮，看热闹的乡邻围了里外三层。

富豪平日好舞枪弄棒，是当地出了名的拳师，尤精谭腿，传言可一脚踢断入地三尺木柱。富豪揪过矮古，一脚踢翻。

"各位乡邻看清了，这只跛子恩将仇报吃里爬外，偷了光洋!"

矮古倒在地上，扭曲佝偻，痛楚万状。

富豪将钱袋里光洋取出，摔在矮古脸上，摔一块骂一句。

矮古痛苦地闭上了眼睛。

富豪摔完光洋，还不解气，跨步上前，连连猛踢，又重重一脚，踩在他的后背上。

"东家，俺么（没有）偷啊……"

"贼跛子，还想跑!"

"东……家"

"贼跛子!"

"东家……俺……"

"贼跛子!"

"东家，俺不是贼。"

"呸! 贼跛子! 贼跛子!! 贼跛子!!!!"

"呀——嗬!"忽听一声大吼,矮古一个鹞子翻身,右手抱腿,左手两指夹块光洋,亮光一闪,富豪右颈鲜血喷射,仰面倒地。

笔者饮尽一杯酒,问,后来呢?客人笑道,还问脉个(什么)后来呀,矮古才是真正的高手啊!大智若愚,大勇若怯,一坪人竟断手断脚,没有留住他。

炒黄豆

闽粤赣客家地区，多有做把戏行走江湖者，武功武德，参差不齐。

壬午年八月十五上杭墟，一位把戏师手持电喇叭吆喝开了："各位女士们、先生们，同志们，这里是南少林武术现场直播，现场直播，免费观看，免费观看，谢谢！"

堂兄松树头刚好挑木匠家伙进城揽活，好热闹，也挤入人群观看。

把戏师功夫果然不错，演单刀，刀光一片；演长枪，枪扎一线；硬气功，单掌裂石；金刚指力，直穿青砖。

几趟功夫下来，把戏师就手拿一贴膏药，说是祖传秘方，主治五劳七伤，神验异常。许多观众见状，悄悄溜走。

堂兄和另一些观众还站着傻看。

把戏师说，肚子饿了，这位朋友，你愿意拿一块钱给俺买碗粉干吃吗？

堂兄送了一块钱给他。把戏师扬着钱，大笑，好，够朋友！够朋友！俺不要你的钱，还给你！说着，还倒贴了两贴狗皮膏药给堂兄。

过了一会儿，把戏师又说，本来想再现场直播俺祖辈十八代传下来的绝招——空手捉飞鸟，哎，哎，头昏目珠花，酒虫子作怪了，朋友们谁愿意拿十块钱给俺打酒喝？

堂兄笑嘻嘻地又拿出十元，一些观众也纷纷效仿。

把戏师收来一叠钱，打开旅行包，说放进去了，放进去了，你们舍得舍不得？

"啥……得。"

"大声点，我耳朵聋，听不清。"把戏师一手贴耳作喇叭状。

"舍得！"

"好，舍得！够朋友！"把戏师慢慢地收拾好摊点，说，走嘞，买酒喝嘞。

把戏师真的走远了。堂兄和几个不甘心的观众尾随而去，叫喊，师傅，停下来，师傅，停下来。

把戏师好像耳朵真的聋了，头也不回，走入一家旅店。

旅店服务小姐看来很熟悉他，冲他抛了个媚眼。

把戏师笑笑，径直上了二楼。

入得客房，把戏师抓出一把炒黄豆，摸出一瓶高粱，一仰脖子，灌下大半瓶。

堂兄推门而入，说，师傅，俺的钱。

把戏师眯着眼睛，说，什么钱？

堂兄说，你借去的。

把戏师大笑，俺哪个时候借了你的钱？

堂兄说，头间（刚才）。

把戏师抓出一叠钱，抖得哗哗直响，钱俺多的是，哪张系你的？

堂兄说，十块钱的。

把戏师不说话了。

堂兄也呆立在那里。

几只苍蝇在客房嗡嗡作响，把戏师一挥手，钞票上立即粘了几颗苍蝇头，栽落楼板的苍蝇身子折腾着打圈圈。

堂兄转身取来锛子，抓过一把炒黄豆，夹在五指中间，砰砰四声，四粒炒黄豆分成八片，刀切般齐整。

把戏师说，喝口酒？

堂兄摇头。

把戏师又说，会么？

堂兄又摇头。

把戏师很不情愿地找出一张十元的钞票，说，朋友，是这张吧。

 # 腰带功

传说某人遇数十名持兵刃者围攻，某人解腰带浸水，舞动之间，夺尽对手武器。

此为老生常谈事。

吾邑象洞乡南去数十里，为上杭武术之乡中都，此地"五枚拳"远近闻名。

说是邱阿二年少入庵练功，神尼授以红腰带，嘱其紧捆腰间，须臾不可解开。

邱阿二苦练十年，功成下山，八百里汀江水路护镖数年，未逢敌手。

某日，邱阿二押船来到武邑湘店，适逢此地墟日，遂上岸小酌。饭店中有一位江西老表，在邻桌哼哼冷笑。

邱阿二问："笑脉个（什么）？"

老表说："笑一个男子人，扎条红腰带做脉个（什么）？"

邱阿二说："本命年么。"

老表不再说话了，扒完三大海碗米饭，结账走人。临出店门，又回头笑了："年年都是本命年么？去年俺也看见过你哟。"

邱阿二脸红了，不知是喝多了还是霞光映照。

饭店临江，江上，白帆点点，红霞满天。

船只结伴靠岸过夜。阿二入船，辗转难眠，思前想后，就一把松开了红腰带。

阿二猛然感到浑身软绵，如腾云驾雾，迷迷糊糊进入了梦乡。邱阿二梦见了神尼，梦见了好事，一泄如注。

次日，旭照入窗，船老大招呼起锭开船。众船逆水上行。

邱阿二照例应巡查各船，起床，竟摇摇晃晃立足不稳，重重跌倒。

急听岸上人喊马嘶，一群匪徒夹岸追来。

为首一人，就是昨日所见老表。

茅山道

茅山在岭南的一处深山，是个很神秘的地方。其神秘，不仅仅是崇山峻岭连绵，云雾终年不散，还在于它是道教法术的圣地。说起"茅山法"，江湖中又无人不知无人不晓。

马发贵明日就要下山了。下山前，按照太祖师传下来的规矩，要经过一道严格的测试。

大家知道，禅宗少林寺弟子的测试，是凭实力打出木人巷。茅山呢？

茅山道术变幻无常，所以它的测试也素无定式。

马发贵站在紫霄殿左侧一棵古松树下发呆。

马发贵是武邑枫岭寨人，来茅山学道有十年了。

这个十年，有太多的故事，其中的一件，最让马发贵刻骨铭心，那就是结伴同行上山的一学艺女子竟然是他的师娘。

从武邑到茅山，千里迢迢，青山叠叠，一路上又发生了什么故事呢？没有人知道。

十年，门规森严的茅山，马发贵竟然没有和师娘说上十句话，偶尔四目相对，又各自急速慌乱闪开。

日出时分，紫霄殿前。

马发贵黄衣持剑，师娘白衣执剑，分立两边。

师父鹤发童颜，端坐太师椅，众弟子站立三厢。

山风猎猎，神坛太极旗飘飘扬扬。

三炷香燃尽。

两剑游走，剑光四射，落叶纷飞。

飞天神剑，从来没有让老人失望过。

"再过三十招，发贵必败！"三师兄轻声说。

"五十招。"二师兄说。

"一百招。"大师兄说。

九十九招，马发贵挥剑，飞天剑落地。

师娘苦笑。

马发贵向师父叩了三个响头，抱拳施礼辞别众兄弟下山。

马发贵回武邑后，其茅山法威名震动闽粤赣边，成为一代宗师。

马发贵晚年，常对着遥远茅山，轻轻叫唤阿凤阿凤阿凤。

比武时，马发贵原无胜算，情急之下，他轻轻说了些什么——谁也没有听清楚谁也没有留意，师娘一怔，马发贵挥剑，飞天剑落地。

 # 土楼拳师

　　世界闻名的土楼之乡永定，有个高头村，传说清道光年间，出了位武林高手，人称江老先生。此公十八般武艺样样精通，尤工点穴，徒子徒孙遍布四乡八邻，闻名远近百里。

　　某年，江老先生喜得重孙，弥月之日，大土楼内摆了几十桌，张灯结彩，大宴宾客，喜气盈盈。

　　酒至半酣，突然有不速之客欲登门求见，书札上写道：小徒不才，承蒙赐教，今日登门拜访，切磋技艺。

　　江老先生不动声色，停杯投箸，与众来客打过招呼，自自然然走出中门。

　　三年前，江老先生往漳州进海货，路见不平，出手教训了一位当地拳师。不料，三年后的今日，他的师傅摸上门来了。

　　这位外地拳师，五十开外，中等个头，但见双目内蕴精光，下盘稳实，两腮有二绺白须。此人莫非就是漳州铁手阿奎？

　　传说，此人在漳泉一带是数一数二的武林高手，铁手一击，可隔山打牛。此番来访，当是善者不来。

　　江老先生外表平静，背脊冷汗直冒。今日大宴宾客，以礼为先，不便出手，赢了尚可，若输了，脸面何存？

　　江老先生满面春风，亲自迎接外地拳师入席，说多谢贵客有心，喝完喜酒再说。

　　说话间，两人便来到了下厅，下厅有预留桌席，花梨木八仙桌上，美酒佳肴齐备。

江老先生说，贵客临门，请上厅入席。说着，弯腰伸出右手抓起一只桌脚，浮空平移几十步，但见桌面纹丝不动，酒水点滴不漏。

江老先生气息均匀，声若洪钟，邀请外地拳师入席。

外地拳师自忖，花梨木八仙桌重达二百多斤，从桌脚提起，少说也要加上几倍力道，自己劲力亦能提起，可否四平八稳，就难说了。也就强作欢颜，推杯换盏。散席鞭炮响过后，外地拳师说声佩服，起身告辞，江老先生客客气气把他送出门外。

传说江老先生亦擅青狮，某年去某村献技，当地主家想出出他们的洋相，门坪上铺就谷笪，下铺圆竹。江老先生率数只青狮，一跃而上，齐声大吼，圆竹皆为碎片矣！

传说江老先生行善积德，乡邻无不敬仰。不料，这一代武林耆宿，竟遭小人暗算。

话说某年某日，江老先生赴墟回家，途经某山和尚庙。新来一位和尚笑脸相迎，招呼用茶。江老先生不忍拂逆人意，遂进入庙内。和尚上茶之时，突然发力，点中江老先生死穴。江老先生意念甫动，出手如闪电，也点中对方死穴。江老先生踉跄几步，坐在椅子上，说，我与你无冤无仇，你何故害我？

和尚冷汗淋漓，瘫倒地上，就是不开口说话。

江老先生摇摇头，长叹一声，说，我还有三年，你只有三日，你这又是何苦？

据说，和尚点穴手法，与江老先生同出一门，只是其火候欠佳，江老先生又自采草药疗伤，才有三年与三日的差别。

红 叶

　　我永远无法知道三百年前的江湖艺人红叶当时是怎么样的心情。那一刻，我站在河头城的后山上，遥想当年。多年以后，这个叫峰市的河头城已经沉没在汀江水底。我站立的地方只剩下残垣断壁，茅草疯长。我看到山下蜿蜒的汀江静静流淌，早已经没有了"上河三千，下河八百"的繁华景象。我明白，繁华总会过去的，繁华的顶点就是衰败，物极必反，月盈而亏。

　　红叶是江湖艺人，绳伎，名动诸边。当地百姓说："个只做把戏的特有名。"客家乡亲们就是这样，把如此高空杂剧艺术轻飘飘地说成了"做把戏的"，就好像他们把影帝影后说成是"戏客子"一样，很不严肃。确切地说，是消解了艺术的严肃性。他们动不动就说"江广福"，其实，准确的说法是"闽粤赣"，当然，如果我的祖籍地在广东，我要写成"粤闽赣"。不可否认的是，"江广福"诸边是一个完整的历史人文地理单元，是一个整体。

　　红叶，使人联想起秋天，十月金秋。这个时节，满山红叶似火，田野金黄，客家山区如同林风眠大师的风景画。那时，红叶是最美丽的时候。

　　那天清晨，河头城码头人头攒动，美丽的红叶已经在一根绳索上手持纸花伞婷婷袅袅地来回走了三趟，那媚眼，那身段，那惊险技艺，那万种风情，谁都会为之陶醉，可谁也写不出来，何况是三百年后的笔者？赏钱如雨点落下，红叶看似漫不经心，实则明察秋毫，如同台上长篇大论作报告的领导之于台下昏昏欲睡者。

但是，红叶必须走下去，因为她看到了一叶轻舟顺汀江飘然而下，船头，站立着一位白衣飘飘的书生，如果用贴切词来形容，您猜对了，只能是"玉树临风"四个字，一如二十年前的区区在下。

红叶打足精神表演，一系列的高难动作博得了阵阵喝彩。就在红叶要表演拿手好戏"飞凤在天"时，随着炸雷似的一个"赏"字，三枚铜钱联袂飞来，飒飒飒切断了绳索，红叶在半空中坠落。

众人定睛一看，立即四散开去。

来者何人？是俺朋友的祖上，谱牒上详细记载了其"出身贫寒""艰苦创业""发了大财""回报社会"的形状，谱牒说，"四乡八邻，皆称某某公为大善人焉，人或忘其姓名。"其实，当时的老百姓当面称他是"张大善人"，背后却叫他"霸坑鸟"。"霸坑鸟"自然是禽中猛者，一鸟在坑，群鸟无声。

那时，张大善人说话了："三脚猫功夫，也不看看地方？！"

红叶泪花闪烁。

"所有行头，一概充公！"张大善人扔下了第二句话，转脚就走。

一群壮汉蜂拥而上。

"且慢！"一声断喝。

来人正是那位白衣飘飘"玉树临风"的读书人，气定神闲，也就是脸不改色、心不乱跳地站在张大善人的面前。

顺便说一句，过去我们写革命同志在巨大威胁面前，那是"脸不改色心不跳"。我认为是不正确的，心肯定在跳，是心不乱跳。

张大善人纳闷了，敢在太岁头上动土，按现代话就是胆敢妨碍我执行公务，好大的胆子，来头不小啊？于是，张大善人问道："这位仁兄，有何贵干？"现代话就是："这位领导同志，有什么指示？"

"玉树临风"看着张大善人，微笑。武侠中人的风度，是离不开"微笑"的。不信，您随便翻看金梁古温新派武侠小说诸大师的集子，平均不出三页，就会有一个"笑"字，准确地说，是"微笑"。

那天，我去听一位领导作报告，主席台就座的其他领导，在长达三小时五十九分的时间里，一直似笑非笑。这份定力，这份涵养，我知道，他们都是一顶一的武林高手，九段以上的大师。

"玉树临风"的身旁，是一位精干的老仆，他递上了一张"名刺"。名刺就是名片，木头做的，古代就有。

张大善人接过一看，严肃的脸上以闪电般的速度堆上了笑容。他身边的一群好汉也立即笑容满面。

这种情形，通常是见到了大人物。现代是有照相术的，和大人物在一起的照片，大家都是笑容可掬的。我们可以从笑容可掬的程度，读出大人物的级别。这个笑容，是真诚的，自发的，不约而同的，自自然然的，南北共通的。

张大善人笑着说："啊呀，您就是咱们客家大才子文风先生啊？令兄陈大人可好？您一定要为咱们这小地方留下墨宝哟，这真是巧喽，太巧喽。"

有一个词叫"语带春风"的，就是这个意思了。革命战争年代，我地下党同志在白色恐怖下见面了，热情地握着对方的手，有些哽咽地说"同——志！"热泪盈眶啊。张大善人差不多也就是这样了，特别激动。

"玉树临风"淡淡一笑（您看，又笑了）："家兄是有点忙，兵部就是事多。"

张大善人连连点头："尚书大人为国操劳，日理万机，日理万机！"

"玉树临风"说："张大善人没有看塘报吗？西北又有战事了！"塘报，就是报纸了，比如我家乡上世纪六十年代的《武平日报》。

张大善人说："公子，您这是前往西北？"

"玉树临风"笑而不答。

老仆人说："上京赶考。"

张大善人早听说这汀江仁义门的陈家三公子文才了得，是前科乡试解元。乡试是明清时逢子午卯酉年的全省秀才"统考"，考试通常在八月举行，因此又叫"秋闱"。乡试第一名称即为解元。

时下，全省高考第一名，各级塘报说是"全省高考状元"，这是错误的，应该说是"解元"。三年前，我家乡武平县一年内出了两个全省"高考状元"。"方状元"他爸老方是我的好朋友邓韶征作家的好朋友。一次喝酒，我的表弟请县领导和老方喝酒，大家一齐祝贺老方家出了状元，为家乡争了光。我也热烈祝贺了，我没有说这个"状元"其实应该称"解元"。大家高兴，家乡脸上有光，不能说。

我在写状元历史现实的时候，张大善人已经构思好了一首诗，他说："陈公子，此番进京赶考，必定吉星高照，令乡梓山川增色。在下不才，口占一绝——"

"玉树临风"听到"一绝"，眉头动了一下。

张大善人没有觉察到"玉树临风"神情的变化，高声吟诵道："日头一出暖洋洋，陈家公子上京城；京城有个金銮殿，陈家状元系头名。"

这打油诗，不咋的，按客家话基本是押韵的，寓意好，是好兆头。"玉树临风"这次真的笑了，高兴地拍了一下张大善人的肩头，说，"张兄，好诗！好诗！"

拍肩头，是领导是大人物亲切关怀的一种具体的表示。那年，我的年轻的老领导吴部长亲切地拍了我的肩头，说："小练，好好干！"语重心长，令我感念至今。

张大善人高兴极了，得意地扫视四周，目光所及，众人振臂高呼："好诗！张大善人，好诗！好诗！"

喊声经久不息后，终于停歇了。

"玉树临风"说："张大善人，你看这位女子？"

张大善人朗声说："听凭陈公子发落。"

红叶深深鞠躬，好像是叫什么"万福"，她说："多谢公子相救，可否允许小女子随船同往汀州？"

"既然同路，有何不可？"说着，"玉树临风"又拍了拍张大善人的肩头，说："大善人，谢了，小弟就此告辞，后会有期。"

多年以后，陈公子由翰林院编修出任汀州知府，和张大善人真是结下了不解之缘。这是后话，且按下不提。

在张大善人率领众人"高中状元""荣归故里"的阵阵高呼声中，"玉树临风"一行走向码头，解缆行船了。

"玉树临风"此番"上京赶考"，是为会试。乡试次年，即丑、辰、未、戌年春季，由礼部主持各省举人及国子监监生在京城举行全国考试，又称"礼闱"、"春闱"。中式者为贡士，第一名称会元。贡士再经殿试，头名者即为状元。

"玉树临风"上得船来，取出一本书，名著，《梁野散记》，在船头正襟危坐阅读《梁野散记》，虽不能说字字珠玑，却是真性情，真文章，作者即三百年后的练某人对家乡的热爱令人动容。江涛声声，欸乃声声，两岸枫叶似火，芦花飞落。《梁野散记》正可解旅途寂寞。

"玉树临风"正读得津津有味，忽然闻得阵阵酒香。正要起身，老仆抱出一坛好酒，说是正宗的客家米酒"状元红"，也不知道是谁送上船来的。"玉树临风"又笑了，他说："这个张大善人并非浪得虚名，是个有心人呐。"说着，又埋头看书了。老仆说："三大坛子哪。""玉树临风"挥了挥手，老仆退下了。

这张大善人还是有名堂的，八面玲珑。时下，领导下乡返程，早有基层同志将名优土特产提前送往领导专车后车箱。此前，领导同志是绝对不知道的，知道了是坚决不收的，是要提出严厉批评的。此后，是一声长叹："这些基层同志啊。"此举，张大善人可算是前辈了。

古志记载，从汀江河头城上行至上杭回龙滩百十公里水路，有险滩百十处，两岸悬崖峭壁，中流急湍。

船行江中，逆水而上，经虎跳滩、折滩、小池滩、马寨滩、穿针滩、大池滩、小沽滩、南蛇滩、新丰滩、长丰滩、大沽滩、畚钩滩，进入上杭城西，惊险曲折，非止一日。

在上杭县城歇息一日，又开船前行，过三潭滩、锅峰滩、小磜滩、大磜滩、七里滩、目忌滩、栖禾滩、白石滩、濯滩、乌鸦颈滩、龙滩，就到了回龙滩。

回龙滩至汀州，江面开阔，波平如镜，坦途在前。

船泊回龙滩的一处浅水边。此时，月上中天，江面水光接天，远村隐隐，时闻犬吠。

"玉树临风"问红叶："能饮否？"

红叶点点头。

于是，他们对饮"状元红"，喝到月落西山，喝到三更鸡啼。他们都醉了，歪斜躺在船头。江上秋风寒冷，"玉树临风"醉眼蒙眬，将随身鹤氅披在了红叶身上，旋即呼呼睡去。

日出，"玉树临风"醒了，红叶无影无踪。"玉树临风"的那件鹤氅齐齐整整地叠放在船头，领口有什么物件特别晃眼。

您猜对了吗？是一片鲜艳欲滴的红叶。

玉箫郎君

腊月，薄暮时分，一位文士独自一人来到了云翔阁。

"云翔风月"是汀州八景之一，位于城北，远接卧龙山，临滔滔汀江。

彼时的云翔阁，极为清静，只有一位老斋公在不声不响地清扫落叶，哗啦一声，哗啦又一声。

老斋公就是那些"服侍菩萨"的普通老百姓，男性。又有老斋婆，不用说是女性。现在的闽粤赣客家地区，还有不少。那老斋公看到有一个人上了山门，好似啥子地方见过，面熟，又想不起来，只得闪到一边。

"喂！清茶一壶。"文士向老斋公扔去了三枚铜板，铜板咣当当地滚落在扫帚旁。老斋公不悦，但还是为文士端上了一壶热气腾腾的梁野山上等云雾茶。文士就坐在那江风亭上，看着江面，木雕似的。

不久，又来了一个人，此人一袭白衣，腰间斜插一根洞箫，红丝带飘飘荡荡。如果用一句精确的词来形容，我想，只能是那个滥俗的"玉树临风"。

白衣人对老斋公笑了笑，径自来到了文士的身边，坐下，喝了一口茶，说，好茶，梁野山云雾茶。

文士把茶壶往白衣人一侧推去，说，喝吧。

白衣人却不喝茶了，解下洞箫，以白绸布轻轻擦拭，良久，吹出了忧伤的曲调。

老斋公听着听着，不知道是什么原因，他想哭。他跌跌撞撞地过来了，说，客官，客官，请您不要再吹了，我，我受不了啊。

那位文士却笑了，指着"云翔阁"的匾额说，不是云翔阁，要改，是云骧阁。

口气好大啊。老斋公想，不会是啥大人物吧？抬头，这两个拟似大人物却不见了。

老斋公有眼力，这确实是两位大人物。那位看似郁郁寡欢的文士，正是汀州知府陈龙渊。龙渊巨阙，是宝剑，据说所向披靡，不过，眼下，龙渊知府却屡屡受挫，他派出的二批贡金，都在汀江水道的河头城一带被强人窃掠了，无影无踪。

列位看官，您可能要说话了，只听过古时贡银的，很少听说过什么贡金哪。原来，这汀州境内，有一个上杭县，县北，有座山，俗称"金帽铜娃娃"，盛产金铜。这座山，就叫紫金山了。依例，汀州府年贡金三万两。

近年，汀江流域，盗寇聚啸。连续失手的陈知府，如果在正月三十日之前送不出贡金，眼看着乌纱帽不保甚至有性命之虞了。

江湖传闻，窃掠贡金者是一位黑衣女子，怀抱琵琶，妙解音律，江湖人称"黑牡丹"。江湖传闻，她的琵琶声可以杀人。陈知府重金招募的两批押送贡金的高手，就神秘地死在了"黑牡丹"的琵琶声中。

其实，关于"黑牡丹"，另有隐情。于是，这陈知府就约来了那位文士。

这位文士大有来头，来自赣州，他是一名落第秀才，科场屡败后，精研音律，"洞箫横吹千山翠，姹紫嫣红万木荣"一句，就是赣州士林对他的评论。他的外号叫"白衣玉箫"或者"玉箫郎君"。

天将降大任于斯人也。龙渊知府选定的第三批贡金的押送首领，正是这个玉箫郎君。

次日，晨曦遍洒粼粼汀江。一组"鸭嫲船"队乘流而下，船上满载汀州名产"玉扣纸"。打头的船上，玉箫郎君迎着阳光，把酒临风，是那样的潇洒从容。

龙渊知府在临江楼上看着船队浩浩荡荡开出汀州城，松了一口气。

船队出汀州、入武北，往上杭城而去。

鸿雁客栈

古志记载，从汀江回龙至永定峰市的百十公里水路，有险滩百十处，两岸悬崖峭壁，中流急湍。

船队穿过龙滩、乌鸽颈滩、濯滩、白石滩、栖禾滩、目忌滩、七里滩、大磴滩、小磴滩、锅峰滩之后，就来到了三潭滩。三潭滩在三潭村，此村多货栈，汀江过驳船只，多在此停歇或过夜。玉箫郎君传话，船队在此过夜。在一处客栈，玉箫郎君吹了半炷香的洞箫。但见月白风清，四野寂静。一夜无话。此日，船队又出发了，过上杭城西往南，穿过砻钩滩、大沽滩、长丰滩、新丰滩、南蛇滩、小沽滩、大池滩、穿针滩、马寨滩、小池滩、折滩、虎跳滩，就来到了河头城。舟船到河头城，就此停泊。河头城以下，落差大，更有十余里巨石大礁，但见激流翻卷，吼声震天，山鸣谷应。因江流卷雪，恰似团团棉絮，故得名"棉花滩"。"棉花滩"名看似温柔，实则险象环生，是汀江下行及韩江上行船只的绝境。绝境的两端，一为福建汀州河头城，一为广东嘉应州石市。上行船只货物，到河头城停泊，肩挑上岸沿山路运往10里外的石市，再装船顺流而下；而溯韩江而上的船运货物，也由石市上岸，肩挑峰市再装船上行。

河头城依山傍水，商家云集，每日过往船只，号称"上河三千，下河八百"。

玉箫郎君的船队来到河头城时，已是夜色四合，远望山半河上，万家灯火，星星点点。

船工住船看护物品，玉箫郎君携随从十数人，飘飘然入住"云帆客栈"。有诗曰："长风破浪会有时，直挂云帆济沧海。"他们把"云帆客栈"包了下来。

酒足饭饱，随从们早早歇息去了。玉箫郎君从腰间刚抽出玉箫，便传来一阵轻轻的敲门声。

开门，一位黑衣女子怀抱琵琶亭亭玉立在门口，微笑着望着他。

"清风明月，漫漫长夜，如此良辰何？"

"《阳关三叠》。"

"何如《春江花月夜》？"

"请。"

黑衣女子款款落座，转轴拨弦三二声，未成曲调先有情，接着轻拢慢捻，悠扬的旋律就回荡在孤寂的客栈了。

开阔的江面上，明月高悬，薄雾朦胧，一群曼妙的女子在月色下载歌载舞……箫声传来，似流水，似龙吟，似天边的彩云缥缈，让这群欢快的女子无端生出今夕何夕、人生苦短、韶华易逝的感慨。琵琶声来，洞箫声往，水乳交融，珠联璧合。

曲终。两人良久没有说话，只听江涛高一声低一声。

还是黑衣女子先开了口："客官就是赣州白衣玉箫郎君吧？洞箫横吹千山翠，姹紫嫣红万木荣。"

玉箫郎君一怔，随即道："正是区区在下。嘿嘿，想不到如斯俗称竟然传到汀州潮州了。敢问女公子当如何称呼？"

黑衣女子笑了："什么女公子，江湖中人，无姓也无名。"

玉箫郎君奉上十两纹银："听君妙曲，三生有幸也。区区薄礼，不成敬意，万望笑纳。"黑衣女子并不忸怩，接过纹银，笑问："客官出手如此阔绰，是要小女子一荐枕席吗？"

玉箫郎君正色道："岂敢，岂敢，岂敢唐突佳人！古有大唐红拂，复有大宋红玉，虽误入风尘，却建功立业于国家社稷。在下岂敢以凡俗之人视女公子哉？"黑衣女子若有所思。

玉箫郎君见状，更是侃侃而谈："方今太平盛世，万民安居乐业，四海笙歌。正是吾辈大显身手之时也。礼乐者，乐者，礼也，礼者，乐也。"

一阵冷风吹来，烛光摇曳，黑衣女子衣着单薄，微微发抖。玉箫郎君取来一袭锦袍，披在黑衣女子身上。黑衣女子投来感激的目光。玉箫郎君把蜡烛拨亮了一些，继续说道："在下观女公子天生丽质，是为良玉也，岂是池中之物？若风云际会，他日必当……"室外，突然传来三声猫头鹰的鸣叫。

玉箫郎君皱了皱眉头，说："若风云际会，他日必当……"

玉箫郎君的话戛然而止，因为一把飞镖闪电般地直穿其咽喉而过。

发镖者不是别人，正是他正对面的黑衣女子。或许，玉箫郎君在扑向地面时，听到了黑衣女子转身离去时留下的一句恶狠狠的话"一介酸臭腐儒！"

就在《春江花月夜》琵琶箫声响起的时候，尾随玉箫郎君船队的另一支船队迅速将货物起岸，沿山路运往石市，再装船顺流直下潮州。这支船队的领头人是谁呢？老斋公。老斋公确实是老斋公，汀州知府陈龙渊将一把铜钱侮辱性地扔在地上，老斋公还是恭恭敬敬地奉上了上等梁野山云雾茶。由此可见，此人冷静、沉着、有大勇，可用。玉箫郎君自命不凡、故作潇洒淡定从容，树大招风，正可为诱饵，拖住匪盗。此为"明修栈道"，以便老斋公"暗度陈仓"。三声不祥的猫头鹰的叫声，是匪盗窃掠失败的信号。那个精通音律的黑衣女子是谁？列位看官，您一定猜出来了。在此就不再赘述。至于，河头城为何成为盗寇渊薮？且听下回分解。

郭大侠的一盏茶香

那一天，秋风凉了，黄叶飘落，一位疲惫的书生从落日黄昏的山凹走来，身边是流水潺潺的大漳溪。五百年后，他以大漳溪为名办了一份很有名却没有稿费的文学期刊。

那时，萧国梁状元的家乡永泰县的老百姓都叫他郭茂才，茂才也就是秀才了。二十一世纪的我们现在叫他散文诗人，或者叫他郭大侠，就像他的一位玉树临风的"高富帅"朋友"打油诗王子"，人们尊敬地叫他某大侠一样。

郭茂才在山间寂寞地行走，他得干一些什么，吟诗吗？我们知道，郭大侠的散文诗是非常了不起的。散文难写，诗难写，散文诗难上加难。不料，这郭大侠居然在全国大赛——世界华语传媒散文诗大赛中连番折桂，好吃好喝的，壮游大江南北。不过，我要告诉您，您猜对了也猜错了，郭大侠郭茂才很长时间没有吟诗，他遇上了一件麻烦事，这件麻烦事和一位美女以及一个强盗有关。

据说写小说写文章是不能直来直去的，它得弯弯绕绕，文雅一点说是"文似观山不喜平"；大白话就是要啰唆。而且，要正经八百地啰唆，也就是说，三百字能写完的，您得写成三万字，您就是大作家了。我的好朋友宝洪，笔名叫红黄蓝，也叫唐钟、弘石居士，写了长篇小说《海峡情缘三部曲》，300 万字。大作家。顺便说一句，有粉丝说，我那兄弟有个笔名叫蓝巴，意即"蓝溪镇的巴金"。在此郑重声明，本博不认为这是有根据的说法，无根据的说法对于传播者本人和传主及被传播者，都是有害无益的，必须坚决杜绝。

书接上段，郭大侠郭茂才在山间寂寞地行走，很长时间没有吟诗，他遇上了一件麻烦事，这件麻烦事和一位美女以及一群强盗有关。

您想，哈哈，英雄救美吧？老套路了。我说，是，也不是；不是，也是。《白鹿原》是名著吧，得过"茅奖"的。我的朋友南方大学教授博导张文豪说，什么名著啊，老套路了，看我给他改改。原文"白嘉轩一生中最引为豪壮的事，是娶了七房女人"。张文豪改为："娶七女，为白氏豪壮之举。"看看，简洁多了吧？当然简洁多了，我想说好像缺了什么，考虑到文豪的身份，我不敢说。

回到正题，郭大侠郭茂才在山间寂寞地行走，很长时间没有吟诗，他遇上了一件麻烦事，这件麻烦事和一位美女以及一群强盗有关。

那时，郭大侠郭茂才看看满目青山，黄叶飘飘，不由诗兴大发。这时，他开始吟诗了，就那么一吟诗，麻烦事就出来了。郭大侠引吭高歌："风吹树叶哗啦响，永泰山水好风光——"突然，一把明晃晃的刀尖出现在他的鼻梁上，落日余晖下闪动着耀眼的金光。金光耀眼处，是一座黑沉沉的铁塔。

强——盗！是强盗。事后查明，这强盗在郭茂才出永泰县城时就跟着他了。原因很简单，郭茂才出城时，吟了几句诗，不经意地惊动了正在城北茅屋睡觉的强盗。彼时，强盗正梦见一座金山。醒来，金山不见了。因此，郭茂才必须赔偿，必须付出应有的代价。

忘了告诉朋友们，这郭大侠年轻时曾是紫禁城8341部队的战士，至今朋友们还可以从他的博客上欣赏到他手持"喷子"（即国产轻机枪）的戎装（即一颗红星两边红旗草绿色军装）玉照。郭大侠郭茂才笑了，微笑。我说过，写一个武侠人物或者是大人物面对危机时，经常要用"笑"或"微笑"，方能凸显其大义凛然玉树临风镇定从容的丰姿，郭大侠郭茂才此时此刻此情此景也不例外。

郭大侠郭茂才笑了，微笑。我们知道，老郭在紫禁城8341部队是刻苦训练过"擒敌拳"和"捕俘拳"的，据说在一团二营六连九排一班还得过"散打冠军"，三连冠。业内人士认为，这个"擒敌拳"和"捕俘拳"，基本上是北少林武功的底子，融合了中外流行技击的精华。我的大师兄老范受恩师海空大法师的委派，曾教练过一批三军弟子。其中的高徒，就有这个郭茂才即后来的郭大侠。

刚才说到，我们的郭大侠微笑了。大人物微笑，通常是意味深长的，有时，甚至是很可怕的。事后，郭大侠亲自对我说，我要发扬我军一往无前的革命英雄主义精神，坚决贯彻落实践行紫禁城 8341 部队庆功大会精神，促进武侠世界的大繁荣大发展，坚定果断地施展"空手入白刃"的战略战术，坚决捍卫一个人民战士的身体主权、完整和尊严，完全彻底干净全面地打败一切敢于来犯之敌！

说时迟，那时快。亮光一闪，郭大侠面前的尖刀不见了，铁塔轰然倒地。

郭大侠以迅雷不及掩耳之势扔掉了手中的板砖，悠然地吟诵起后半截诗文："各路文豪来相会，日落日出就是好！"

《日落日出》，是永泰作家陈家恬兄的散文集。2012 年 7 月，福建省作家协会等部门在永泰召开了"乡村离我们有多远"的研讨会，我的朋友钟兆云著《乡亲们》、何英著《抚摸岁月》、陈家恬著《日落日出》为研讨文本。彼时，在下不才，当场口占一绝："风吹树叶哗啦响，永泰山水好风光。各路文豪来相会，乡土文学就是好！"不料，老郭此时，把"乡土文学"置换成了"《日落日出》"，三本书的意境意象解构成了一本。这像什么话？这是什么立场？这是什么态度？这是什么行为？是可忍？孰不可忍！好在我也很喜欢《日落日出》，算了，不和老郭计较。诸位，建议莫放过此诗其中三昧，好诗哪，赋比兴全都有了嘛。想想看，在此高朋满座的研讨会上，还有什么能比诗歌更能够活跃气氛？还有什么比诗歌更凝练生动？还有什么比诗歌更好地在有限的时空中表达无穷的意蕴？还有什么比诗歌更有力量？

郭大侠写打油诗，初为信口开河，乱石铺街，逮到啥胡说啥，故意和您闹别扭，故作惊人之举。达到吸引眼球目的后，则联络"云飞""淡远""阿九""玉祥""简梅""荷香"诸才子才女，切磋苦练，以至于出口成章且如滔滔不绝江河，此为打油长歌行。郭大侠有诗配画云："秋鸡满山跑，母鸡没烦恼。树下谈情爱，生命不会老。"论者以为师法上古，可直追李杜。近期，在郭大侠的大力推动下，萧状元之乡福建省永泰县诗歌运动蓬勃发展，形势大好，不是小好，不是中好，而是大好。为使这个诗歌运动进一步健康良好有序地发展，我在郭大侠的博客上曾提出过如下《关于打油诗运动持续健康发展的若干建议》：

郭大侠：

您好！

我觉得在适当时期，我们的诗歌还要走向世界，与世界接轨，宣传人类共同的普世价值。目前，我们的理论基础还比较薄弱，跟不上日益发展的打油诗运动的大好形势，这是很不应该的，必须下决心加以改进。当前的重要任务，我认为有如下几点，值得引起同志们高度重视：一是如何为新乡土自由诗命名？要在全面调查研究的基础上，充分发扬民主，集思广益，得出一个准确的、系统的、全面的、社会各阶层普遍认可的新诗运动名称。非正式场合，打油诗的名词可以继续使用。二是必须商请北京大学、清华大学、厦门大学、福州大学等若干文科教授为新打油诗联合提名，提名为诺贝尔文学奖候选作品。我们以此为契机，广泛、深入动员广大打油诗爱好者，创作出一大批精品力作，促进新打油诗创作的大繁荣大发展。三是在风光秀美的永泰天池举办首届"世界华语新乡土自由诗擂台赛"，获奖者授予"世界华语新乡土自由诗状元"荣誉称号、戴红花骑摩托车或自行车漫游福州城或永泰县城；获奖作品，请全国或福建著名书法家书写，题刻在天池附近的大石头上，并集结出版，向世界著名图书馆、著名高等院校免费赠送（在北京人民大会堂举办赠送仪式）。等等。

上述不当之处，请大家批评指正。

客家老练2012年10月10日于福州

话说郭大侠以迅雷不及掩耳之势扔掉了手中的板砖，悠然地吟诵起后半截诗文："各路文豪来相会，日落日出就是好！"

此时，传来了一阵掌声，灌木丛里闪出了一位美女。

这位美女，就是江湖上传说的"美女飞刀"。

"美女飞刀"邀请郭茂才上天池山寨品茗，并留下诗文墨宝。

那一晚，山高月小，秋风轻寒。郭茂才与"美女飞刀"独处一室。期间发生了什么，我们不得而知。

三年后，我的家乡——武夷山脉最南端南岭山脉最北端的最高峰福建省武平县梁野山发生了江湖大事，南七北六十三省武林高手云集，争夺"客家老练状元杯全国武术大赛"冠军。此战也，真刀真枪，出手无情。

"无情刀"一路领先，伤五十四名一顶一高手，余五十四名。

评论家也就是"江湖百晓生"认为，此战，将有一百单八名运动健将倒在"无情刀"之下，这已经偏离"友谊第一，比赛第二"的原则了。

这是梁野山卫视的首次全球现场直播。全体参赛运动员坚决反对停战，一致表示中止比赛将影响我中华武术堂堂声誉赫赫威名，武者不屑为之。

郭大侠出现了，就在擂台上，就在"无情刀"对第五十五名对决者痛下杀手时。郭大侠飘上台去，那身法，江湖上称之为"旱地拔葱"。我们知道，"旱地"本来是没有"葱"的，他老郭还要拔，那不是武林高手，不是"高富帅"，不是"白富美"，还能是什么？

郭大侠只对"无情刀"说了几个字，是一种好茶的名字。

"无情刀"愣了，浑身的杀气慢慢地消释了，他变得祥和了，他流下了眼泪。

在广大观众惊愕的目光中，"无情刀"收刀入鞘，跟着郭大侠缓缓地走下了擂台。人们看到，"无情刀"笑了，幸福的笑，慈祥的笑。

我想，我差不多也是"江湖百晓生"，我是作者，我非常明白问题的答案。

"无情刀"之女"美女飞刀"离家出走多年，"无情刀"遍寻不得，是以暴戾无常。老郭与"美女飞刀"一夜品茗，此茗为"美女飞刀"独家秘方炮制独家命名。老郭在关键时刻报出了茶名，化解了满场杀气，结束"比赛"。

"美女飞刀"的好茶叫什么？老郭至今没有告诉我。

正月飞石

　　福建武平象洞，地势险峻，控扼闽粤边界。北宋政和七年（公元1117年）设武平盈塘寨巡检司（明洪武年间改称象洞寨巡检司）。兵凶战危之地，民风尚武。话说象洞河两边，有冯何两族世代聚族而居，通婚联姻，和睦相处。这里有一个奇特的现象，即"上午是亲家，下午是冤家"。每年大年初三日，冯何两姓代表各自过河去串亲戚拜大年。主家倾其所有，盛情款待，宾主亲如一家，其乐融融。下午，风云突变，两族壮丁隔河对骂，直骂到心头火起，双方即以石子对攻，一时石雨纷纷，破空倾泻，双方防线互有突破，打得天昏地暗难解难分。四乡八邻乡亲云集作壁上观，呐喊助威。此地投石功夫高明者，飞石可击穿百十米远处寸把厚木板。此类好手出战，不以伤人为目的，只是掠阵威慑对方，是以数百年来两族石头大战，从未重伤一人，间或有轻伤者，则以祠堂香灰一抹了事。此俗渐趋绝迹。

　　为何有此风俗？有两点值得注意：其一，象洞地势险要，兵家必争，战事频繁，当地客家人为家族安宁，多结寨自保，苦练武功；其二，冯何两姓祠堂为虎形象形，所谓"虎象相争不斗不发"。

雄牛脱轭

　　话说甲乙两拳师（教打师傅）不知何故，打擂比武，一决生死。地点定于闽西名胜梁野山，时间是某年八月中秋节。届时各路民间拳师云集。一声锣响，立即开打。甲乙双方拳脚功夫旗鼓相当，于是在兵刃上一决高低。甲拳师善钯头，乙拳师精长矛。双方开战，好一番龙争虎斗，令人眼花缭乱。不多时，陷入僵局，甲拳师钯头勾住了乙拳师后颈，乙拳师长矛直抵对方咽喉，双方对峙，冷汗湿透衣衫。钯头回勾则必然牵动长矛前刺，长矛前刺则必然带动钯头回勾。既为决生死，双方不愿和解。一粤东拳师与乙拳师乃生死之交，看出其中破绽，心生一计，叫道："相打么（没有）看头哟，大家看岭岗下田里哪，个（那）只雄牛脱轭哩。"众人看山下，只见几只水牛悠然啃吃青草。乙拳师心有灵犀一点通，猛然间，沉桥（马步）甩头，长矛前刺，胜负立判。

牵牛入坛

　　话说某墟天，一把戏师在福建武平象洞开锣做把戏，高超的功夫引来里三层外三层密密麻麻的观众。把戏师见时机已到，使出绝招压轴，令徒弟牵来大水牛牯一只，声称可以装入场中的小陶坛里。懂行者说这是掩眼法，不懂行的睁亮眼睛，要探个虚实。把戏师施展功夫，果然，把那只活蹦乱跳的大水牛牵入坛中，出出入入，真个是潇洒自如！场中看客眼见为实，齐声喝彩，纷纷扔出铜板。不料，一背负婴孩的客家少妇多嘴多舌，大叫："是假的！假的！牛从左边去了呢。"把戏师一听，不愠不怒，笑道："阿妹，你个佃人仔头不见了。"少妇扭头一看，哎呀，真个不见了。少妇大哭。把戏师又道："阿妹，同你开只玩笑哩，你再瞧瞧。"少妇再看，细人仔睡得正香甜呐，于是破涕为笑。把戏师说："阿妹啊，把戏系假个，功夫系真个哟。台上一刻钟，台下十年功呢。走江湖混一碗沙子饭吃难呐。大家爱看热闹，做么个（为什么）扫大家兴呢？"

磨石做扇

　　话说赣南某一拳师，十八般武艺样样精通，只是脾气不太好，专事摩擦，到处踢场子闹事。听说闽西某地有拳师功夫到家，遂路途迢迢、寻机挑战，叩门二次，均不遇。第三次擅自闯入人家庭院，来势汹汹，见一仆人蹲地煮茶，问："你师父呢？"答："出远门了。"此时，炉中火熄，仆人寻扇，四处不见，遂自言自语："扇子呢？"于是仆人拿起身边磨石，扇动火炉，炉火大旺，茶香四溢。呼来客用茶。客人杳如黄鹤，不知所终。

　　类似"不战而屈人之兵"吓退挑战者的传说很多。如众拳师上门挑战，主人见大战难免，遂计上心来，说："各位朋友，我这衣衫好贵，花了我半年工钱，打起来，人多手乱，莫给弄坏了。"说着，脱下衣衫，一手抱起厅堂上千斤的大石柱，一手塞入衣衫，气定神闲，若无其事地笑问："哪位朋友先来教我啊？"众拳师见他露了一手，面面相觑，不敢撄其锋芒。于是主人置酒，与众同醉，结为好友。

 # 试胆收徒

　　客家武林谚语有一胆二力三功夫之说，又云艺高人胆大，胆大艺更高等等，可见胆为客家武功要诀。话说有一位客家老拳师功夫高深莫测，但古怪得很，纵是亲子亲孙也不肯传授半点功夫，盖因为其功夫非有过人胆气者难窥堂奥，非有过人胆气者难以继承衣钵发扬光大。

　　某日，老拳师郑重其事地聚集子孙于厅堂之中，和衣躺在八仙桌上，手指身边利刀说道："汝等不是要学功夫么？可操此刀杀我！"满堂子孙闻言大惊失色，面面相觑，趑趄嗫嚅。小孙子细佬向来顽皮，方八九岁，偷挖番薯偷拔萝卜爬树钻洞一类古事无一不精。此刻，揾去鼻涕，一声不吭，走过去，操刀猛斫。众惊呼一声，阻拦不及。老拳师微闭双眼，乍见刀光一闪，刀锋来势凶猛，意念甫动，即飞速滚桥躲避，一跃而起。众人大声呵斥细佬凶残犯上，大逆不孝，该杀该打。老拳师却喜形于色，纵声大笑，连喊家有奇才奇才，遂决定细佬为家学功夫正宗传人。

飞　脚

　　话说细佬得祖父厚爱，倾心点拨，习练家传武功。同族梓叔只学点防身自卫的三脚猫功夫。细佬自知天予不取反取其咎，苦心刻意，冬练三九，夏练三伏，寒来暑往，不觉多年。转眼间，细佬已出落成一位气宇轩昂的彪形大汉，中气充沛，精光内敛。

　　一日，在宗祠之前，老拳师校验全族壮丁武功，老拳师欲先试细佬飞脚功夫。所谓飞脚功夫者，即今所言轻功也。细佬见亲房叔伯、同门师兄弟云集祠堂门前观战，越发打足精神，抱拳施礼，猛然间身形不动，一个旱地拔葱，悄无声息地摘下屋檐上九块瓦片，但见屋檐上透开一排窟窿，阳光直透地面。细佬甫一落地，又一个飞脚，跃上屋檐，但见九块瓦片齐齐整整，天衣无缝，飞脚落地，踏雪无痕。众壮丁自愧不如，大声喝彩。老拳师点点头又摇摇头，令细佬再演练一次。细佬欣然从命再起飞脚，浑如鹞子钻天鹰击长空，细佬正欲出手收瓦，猛然间右脚踝一阵剧痛，顿时提气不上，栽落地面。原来老拳师后发先至，半空中挥击烟杆。细佬吃了一记暗算，一只脚从此就跛了。细佬倒地不起，见祖父如此年老糊涂，欲哭无泪。众人暗吃一惊，百思不得其解。老拳师叹了一口气说："细佬啊，你莫怪爷爷哟，我也想不到你飞脚样般高明，日后必有大灾大难。爷爷这一杆子，是让你多吃几年饭哪！"

菩萨七叔公

话说武平县中堡镇石家棍法，系源于南少林一脉，其功法独特，威猛凌厉，载入《武平县志》。

石家棍自清康熙年间扬威立万以来，传人中多有佼佼者，其中之一，即有菩萨七叔公。

七叔公自幼得家学渊源，勤学不辍，十八般武艺，样样精通，客家武林掌故中有其《试胆收徒》《飞脚》段子。言其祖父欲传功夫于子孙，平躺桌面，令子孙操刀斫杀，众子孙面面相觑，有小孙细佬猛下杀手，祖父滚桥避过，大喜过望，倾囊传授细佬功夫。又言细佬功夫学成，飞脚上屋顶揭去一排瓦片，飞身而下，功夫青出于蓝而胜于蓝。祖父挥动烟杆，打跛细佬，意欲让爱孙多吃几年米饭。

物换星移，细佬成了七叔公，执掌石家棍门派，以武立身，以德服人。远近客家诸武功流派弟兄，提起石家棍，人人都伸出大拇指，道一个"好"字。

七叔公有高徒俗称牛牯，功夫好，性子直，争强好胜，人如其名。某年，牛牯竟不遵师嘱，私下前往连城某地舞青狮去了。连城某地，武功独步闽粤赣边，相当于客家大本营"少林寺武当山"，藏龙卧虎。牛牯此去，折了面子，青狮狮头被悬挂于石龙旗杆顶，无力取回。

七叔公闻讯思之再三，还是去了连城某地礼拜山门。黄老拳师以礼相见，对石家棍功夫亦赞赏有加，只是按江湖规矩，青狮狮头还请自家取回。

七叔公一挥手，长袍下摆扎入腰带，向四周抱拳为礼，一步一摆，来到石龙旗杆下，停顿片刻，一个飞脚，疾如飞隼，众人眼睛一花，定睛再看，七叔公已狮头在手落地生根。有细心人见石龙旗杆基石已横移三寸有余，不禁暗暗叫苦，黄老拳师口赞石兄好功夫，轻轻走过石龙旗杆，旗杆复原。

黄老拳师与七叔公惺惺相惜，互相仰慕，德艺相通，成莫逆之交。

此武林掌故，石家棍传人石新昌兄语我。

铁扇关门

　　话说古时粤东某古镇有赣南、闽西两位拳师开设武馆，功夫各有千秋，学徒者众，门庭若市。两家皆自称南拳正宗，对方为旁门左道，中看不中用。某日，两武馆徒弟街中打斗，各有损伤，各自奔回报知师父。赣南拳师传话了，明日午时要决一雌雄，只限拳师比武，各拿真章，与徒子徒孙无关，胜者留人，败者开溜。闽西拳师只得应战，又自忖技不如人，于是星夜翻山越岭赶回闽西请出其师父，两人于天亮之前快马赶回粤东古镇，定下计策。

　　是日，恰逢古镇墟天，古镇足踏闽粤赣三省边界，自是客商云集，热闹非凡。双方请中人，应约对阵。闽西拳师声称昨夜一时高兴多饮了几杯酒，至今还拉肚子，好在功夫没白练，可以抱病应战，又言对方拳术既然是尼姑传授必然未窥南拳门径，我方头徒出战即可。赣南拳师气愤填膺，不知是计，也让头徒出战，三下二下，赣南拳师一方三战皆输，脸面丢尽。赣南拳师自恃有真功夫，果断决定亲自上阵，声称要连胜两场。于是，与闽西拳师头徒立下生死文书，上戏台比武。闽西拳师头徒坐庄，锣声一响，赣南拳师即溜马来攻，头徒偏马侧身，待其来势将尽新力未生之际，出手如电，一招饮扇关门，疾脆狠毒，直取对方左右两肋得手。此招叫铁扇关门，是此公成名绝招。江湖险诈，这位头徒是谁？不言自明。

腿　功

　　客家地区崇山峻岭之间多茶亭，茶亭也叫凉亭，供来去匆匆山间行路人歇脚打尖。某年某月某日，赤日炎炎，某地半山茶亭间，有南来北往挑担行路者甚众在此歇脚。一位把戏师独占茶亭长凳，脚子翘翘，旁若无人。一位后来行路客看不顺眼，请这位仁兄稍稍让位。把戏师不屑一顾，说："你拖得直我这只脚，自然有凳子坐，除非你叫这里的狮头阿某来。"行路客说："我就是阿某。"把戏师大笑："你拖啊，拖得动算你有本事。"阿某见把戏师下盘稳如磐石，老老实实说："我拖不动。"把戏师说了句山中么老虎猴哥称大王，就佯装睡觉，再也不理睬阿某了。这一切担夫们看在眼中，虽不愿多嘴多舌，但阿某的脸面算是丢尽了。话说阿某是这一带客家地区最有名的狮头，南拳功夫方圆百里罕逢敌手，名声是打出来的。阿某临走时说了句硬话："三年后中秋节，有胆，朋友你来莲塘背找我。"

　　把戏师呼呼大睡，似梦呓非梦呓地连说来来来。

　　三年后中秋节，把戏师果然来到莲塘背找阿某。阿某家里人说："阿伯，我阿爸等你三天了，现时去背山钓鱼子了，您先吃茶呀，我去喊。"

　　把戏师说声多谢，大大咧咧地独自寻到山背莲塘。真是不看不知道，一看吓一跳，但见莲塘中间，阿某斗笠蓑衣，金鸡独立，持竿垂钓如老僧入定。再定睛一看，空阔莲塘碧水之上，立一锄头柄，阿某竟以两个脚趾扣紧，纹丝不动，悠然自得。把戏师暗忖阿某三年不见，腿功高上天去了，自家已不是阿某敌手。于是脚底抹油，飞速遁去。

 # 挟牛过圳

　　话说一客家牧童欲与拳师族叔习武，族叔嘱其每日挟小牛犊跳跃过圳，日久自然见功夫。牧童如法学艺，不敢偷懒。果然，小牛犊长成了大水牛牯，牧童也长成了大力古。族叔遂授以本门功法。此说不足全信，盖因为孩童成年远不如牛犊成长快。然客家谚语有言一胆二力三功夫者，此言习武必先练力是也。客家地区循序渐进练功传说甚多，如一客家习武者日夜以竹筷夹苍蝇蚊子，日久收放自如，天上飞物难逃手中一双竹筷，日后遇敌，视各类暗器如无物。又言一客家习武者，日夜对深井猛击劈空拳。初时，井中水波不兴；此后击掌，井中嗡嗡然；再后击掌，井水有轻微摇荡；功成之日，一掌劈去，井水喷涌飞出。又言一客家习武者苦练轻功，初时，于半尺沙坑内纵跳，其后于一尺、三尺、五尺、一丈沙坑内纵跳等等，遂旱地拔葱身轻如燕，大功告成。同理，以绿豆袋、沙袋、铁砂袋缚绑双腿，逐渐加重分量以达到极限，纵步奔跑苦练，后卸去重物，即练成八步赶蝉绝顶轻功。客家武功中铁砂掌朱砂掌金钟罩铁布衫等等功夫练法亦多为上述循序渐进法。

鸡嬷报喜

　　话说清同治年间，福建上杭武举丁锦堂先生剪吉日良辰上京赶考，临行前隆重祭拜列祖列宗及诸路神明。正顶礼膜拜之时，惊动家中抱窝母鸡扑翅冲出，嘎嘎啼叫。其母见多识广急中生智，对香案祷告曰："三满赶考鸡嬷啼，喜报高中状元回。"天从人愿，丁武举于同治十年武科夺魁，钦定状元。是为清代六位"过江"状元之一。丁状元武艺高强，其八十二斤青龙偃月刀迄今仍存闽西上杭。

牵衫救人

　　话说客家地区有一武林中人，所习功夫乃朱砂掌铁砂掌一类，出手极重极毒，轻则震断经脉骨骼，重则毙敌于丈外。某日，见一顽童落入池塘，危在旦夕，功夫客见义勇为，跳入水中救人，牵动顽童衣角，徐徐引回岸边。顽童不知厉害，手抓功夫客臂膀。功夫客猝然遇敌，一动无有不动，触动内功，幸好功夫客意念一闪即回，又水中威力减轻，但一震之威，仍断顽童手臂。有此功夫，杀人耶？活人耶？

打砣者

何谓打砣者？即客家地区走江湖做把戏时的主要演员或助理演员兼维持秩序者。

所谓打砣，就是手持一条一端系有小铁锤的长绳，抛近抛远，上下左右盘旋，以惊险动作赶开逼近把戏场圈内的观众，拓展做把戏空间。客家人好看把戏，一般情况，把戏一开锣，即观者如堵。此刻，即有打砣者现露功夫，观者忽见一铁锤疾飞而来，正中鼻尖，惊叫一声，慌忙后退，忽见铁锤又疾飞闪回，连喊好功夫。打砣惊险异常，稍有闪失，轻则伤人，重则出人命。是以，客家有"么功夫莫打砣"一说。传说客家地区打砣功夫高明者，可于瞬间一砣飞去击毙观者鼻尖苍蝇而不伤人。

时下，一些做把戏者多以长绳系沙袋作砣，常见一些三脚猫功夫者一沙袋飞去，啪的一声正中观者脸上。好在力道不足，又是沙袋，观者往往嘻嘻一笑，稍作后退，仍津津有味地看把戏。此时，把戏主演大师只得亲自赤臂上阵，持单刀舞起一片刀光，观者一见真家伙来了，惊呼数声，慌忙后退。

上述数则掌故，恩师福文语我。

投　石

　　说的是客家某地有一顽童，见村路上行人经过，辄以石子打人为乐。行人或以为强龙不压地头蛇或见其顽童游戏，大多忍气吞声，间或有人呵斥几句了事。顽童于是手法翻新，投石功夫日益精进。一日，见一过路客长衫新伞飘然路过，遂飞出一石子，洞穿油纸伞而过。过路客见状，笑眯眯地赠予顽童糖果若干，大声赞叹少年英雄功夫过人必成大器云云。于是顽童更是洋洋自得，日夜无事之时，常以投石为戏。功夫不负有心人，此顽童竟然又研究出了几种新花样。又一日，顽童见一过路客来，突然飞出一石，高叫一声："中！"果然石无虚发，命中过路客脑袋，打起了一个大血泡。过路客怒不可遏，纵步追到，手起掌落，顽童毙命。

药 丸

话说清末某年，圩天，闽西重镇武平狮子岩下，一把戏师亮出了旗号，打响锣鼓，叫喊"旗子挂在北门口，招得五湖四海朋友来……"把戏师功夫果然了得，单掌断碑、油锤贯顶、口吞宝剑、金刚指力、铁钉床、重车过身、舌砥铁烙……江湖中绝招一一演练，观者如堵，齐声喝彩。此时此刻，把戏师未免口出狂言，比如拳打南山猛虎脚踢北海蛟龙一类。做把戏的人说几句大话，大家也见多了，一妇女说："走，么（没有）看头。"把戏师眼睛一盯，好生气恼，不知用了个什么手法，那妇人当场出了个丑，惨不忍睹。这可激怒了场中的一位清瘦的老先生。老先生过去说："这个场子容不得你，九江鱼子归九江。"把戏师上前一搭手，脸色立即发青，老先生说："家在哪里？"把戏师说："罗浮山。"老先生扔下三颗乌黑药丸，扬长而去。

把戏师当即收摊走人，外行看客惊讶不解。内行人说："把戏师坏了武林规矩，被点中血形（穴位）。三颗药丸可保回家。回去后，有没有命，就难说了。"

子午流注

客家武功诸门派技法中，最为神秘的一项大概是点血形，往往"传子不传女"，非其人不传非其人不可得。点血形，类似于中华武术诸流派的点穴打穴功夫。发功者须至少具备下述条件：金刚指力、认穴奇准、精通子午流注。但点血形又似乎有独特功法，其奥秘不得而知。笔者祈盼无门户之见的客家乡亲武林中人指点迷津。

点血形掌故，已有叙述。言一缺德拳师于街头之上大庭广众之间光天化日之下，调戏良家妇女，且口出狂言，目中无人。一老前辈义愤填膺，施展点血形功夫，缺德拳师着了道儿。老前辈送黑药丸数粒，俾使延长生命回乡，回乡后，缺德拳师即刻身亡。此掌故中的点血形功夫，如同现代定时炸弹，威力惊人。

客家地区有关点血形掌故很多，再举一例，或可发人深省。

话说闽粤赣边某古镇民风粗犷，习武成风，有壮丁阿三者，粗野无礼，却偏好习武，不务正业，弄得鸡飞狗跳。媳妇乃武林世家出身，多次出手劝阻，阿三每战必败，遂求教于业师。教打师傅见徒弟五大三粗、学徒多年还制不服老婆，顿觉老脸无光，遂授以秘计。

某夜子时，媳妇熟睡，阿三见果然有机可乘，并指直击媳妇胸前膻中穴。媳妇惊醒，心口隐隐作痛，推窗见月挂中天，知是子时，顿时泪如雨下，说被点了血形，性命最长不过五日，妇德无亏，何以痛下杀手？阿三抱头痛哭，说是师傅教的，唔（不）会伤人。媳妇问明教打师傅拳脚路数后，平静入睡。

次日晨，阿三媳妇即往教打师傅武馆踢场子，所向披靡。教打师傅出战，来回只数合，阿三媳妇挥拳出中教打师傅鼻脊，血流满面。阿三媳妇扬长而去。教打师傅转脚收拾家伙，散去徒弟，闭门不出。五日后，阿三媳妇亡，七日后，教打师傅死。识门道的人说："教打师傅与阿三媳妇点血形功夫本同出于江西龙虎山，只是教打师傅为老不尊，同门相残，害人害己。习武讲武德，后生仔切记，切记。"

高拐贼

传闻旧时上杭中都高坑里有一贼，姓高，瘸腿，功夫精，能飞檐走壁，人称高拐贼。

高拐贼横行乡里，偷盗为业，尤其是强占初夜权，更令村民怒发冲冠。官府屡次兴兵清剿，高拐贼均闻风而逃。

某夜，官兵获得消息快速出击，包围高家，前后里外搜遍，仍不见其踪影，只得无功而返。

原来，高拐贼见官兵剿捕，无处可逃，飞身隐匿于厅堂墙壁高悬"笓篮"，逃过一劫。

客家武林，多有此类轻功传说，如某人缩身于八仙桌底，众人遍寻不见；又言某人于情急间，飞身屋梁，逃避追捕；更玄乎者，传言某人缩身衣架，隐迹藏形。

烟斗点石头

"百姓镇"武所，即今武平县中山镇，古时控扼闽粤赣要冲，为四战边镇，历朝武风大炽，清末，出了一位武林高手刘凤喜。

传言刘凤喜功夫出自黎山，黎山为何地，不详。

某年刘凤喜欲在一空地建房，众邻不悦，刘端坐太师椅，反对者纷纷飞石击来，刘手持烟斗，气定神闲，将来石点击落地，归拢一处，如此者三日，刘开口说话，多谢乡邻，做屋石头够了，请勿再扔。

传言，刘于武所西山岗牛岗墟以一条腰带力敌八根扁担，大胜。

传言刘亦飞脚揭瓦。

又传言，文兴隘八丘庵有个野和尚，精地趟拳，为非作歹。众拳师屡战屡败。中有潘拳师，欲为民除害，求教刘凤喜。刘曰：五尺凳下打挫马。潘拳师会意，以挫马逼近抱腿摔，制服对手。

壬午仲春，笔者随武平老县长刘本忠游长安崇，途中，老县长言及此武林掌故。

善战者

《孙子兵法·谋攻篇》云："不战而屈人之兵，善之善者也。"客家武林中人，勤学苦练，功夫在身，而在日常生活中，纵然遭遇强暴，威加于身，还是以礼为先，以露一手功夫威慑对手使之知难而退为上，万不得已，才拔剑而起，兵戎相见。武侠小说中那种睚眦必报，一言不慎，三步杀人的情形，在客家江湖上是极少见的。究其原因，可能是客家人深受儒家文化的熏陶，讲究温良恭俭让；其次是在农耕文明时期，客家人及其他民系、民族多群族聚居，守望相助，一拳不慎，可能导致无穷无尽的宗族"血亲复仇"；三是先"文斗"一番以试虚实，或战或走，视情况而定等等。因而，在客家地区有许多"不战而屈人之兵"的武林掌故。

拙作《磨石做扇》讲述了一位客家拳师以磨石做扇高超功力吓退了另一位无理取闹的拳师的故事，还顺便讲述了一位客家拳师在众人围攻之际，将长衫脱下，顺手塞入上千斤石柱底下，众人见状，自知不敌，遂握手言和。《飞脚》一篇，叙述一拳师在池塘中以两只脚趾夹住木桩，来个金鸡独立，安闲垂钓，此举使前往寻衅的另一拳师脚底抹油，溜之大吉。

近日阅读谢小建主编《土楼文化丛书》，其中亦有类似掌故，兹简述于此，以互为印证。

《高东狮社》言永定县古竹乡高东狮社江氏十兄弟，于清道光年间前往长汀城江姓宗祠参拜，二兄弟自恃艺高，竟然表演"青狮"。按客家民俗，舞"青狮"表示武功超群，无可匹敌。此举触怒藏龙卧虎的长汀城

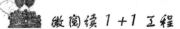

武林中人，于光滑石板上铺设圆竹，上铺竹席，令其演练。江氏兄弟成骑虎之势。同村拳师江敏光正在城中，闻得永定高东特有舞狮锣鼓声杂乱无章，知同宗遇极大麻烦，遂突然出现，谦让一番后，踢飞竹席，踩碎圆竹，扫开竹片，干净利落，技压群雄，救了场子。

《土楼练武堂》言永定大溪乡莒溪村高洋自然村张姓兄弟为闻名远近"左手棍王"，某日赴湖坑墟买石灰粉，因价格争执，惹来中心坝数十位操棍棒刀枪者，张见状手持扁担，以扁担尾挑开一畚箕一畚箕石灰粉，举重若轻，口中说道："把畚箕拿开些好厮杀。"扁担尾挂重物，类似细细秤砣压千斤。众人见状，自知不敌。

《卢阿三的故事》言有大脚者有勇力，春米时抬起石臼如无物。某日，大脚在墟场无意中踩断把戏师枪棒。次日，把戏师率众上门寻仇，大脚依卢阿三之计，从容托起数百斤重石臼为茶杯，请来客喝茶，把戏师见状，拱手唱喏，茶也不喝，溜了。

起赢步

话说客家地区打狮头即狮灯舞狮项目，青狮乃走武路，以十八般武艺为基础。逢年过节，各村狮班纷纷出动，走村串户，竞展风姿。

武路青狮既然以武立身，自然有武功高低之分，客家谚语云"功夫照试酒照尝豆腐照拼"。因而舞狮斗狮以功夫高低定狮公狮母。当然，此争斗仅限于舞狮高难动作的各自演练，而并非舞动丑角手中的钯头钩刀，兵戎相见。如甲村青狮"缩"（跃）过二张八仙桌，乙村青狮"缩"过三张八仙桌，则乙村青狮胜，为狮公。又如采青，通常于宗族祠堂门口立两根高耸入云木杆，杆顶有青茅一束，众目睽睽之下，鼓点忽停，两村狮班静候待命，忽听鼓声骤起，两青狮即如离弦之箭气势如虹一跃而起，爬杆采青。一时锣鼓喧天，人声鼎沸，鞭炮齐鸣，两青狮各使出真功夫，欲捷足先登者摘取狮公桂冠。

但也有"起赢步"的。话说某年甲乙两村狮班同时出动，往某族拜年。两村狮班雌雄未定，来途各分东西，尚能和平共处，在某族祠堂相遇则非分出个功夫高下不可。拜祠堂是客家礼俗中极隆重的节目，两狮班一接手即拿出真章，甲村青狮技高一筹，全套动作真是"帅呆了"。乙村青狮固一时之雄，但相形见绌。突然乙村青狮心生一计，紧随甲村青狮之后，窜高伏下，翻滚跌扑，亦步亦趋，甲村青狮心中窃喜，着意配合，如此，两狮满堂游走，刚柔相济，珠联璧合。鼓点一停，老族长为两青狮挂红包，只是乙村青狮红包更大些。甲村狮班教打师傅以为老族长年老糊涂，不识功夫不分雌雄，欲言又止。老族长笑道："乙村青狮紧随贵村青狮之后，半步不离，玩其尾，嗅其骚，护其身，非雄狮耶？"甲村狮班教打师傅大吃一惊："起赢步啦。"老族长大笑："对，对，起赢步，起赢步，大家都起赢步。"

教打师傅怕柴片

教打师傅怕柴片是一句客家俗话，与教打师傅怕油锅同出一辙。话说一教打师傅自恃功夫不俗，不把旁人放在眼中。一日，与一位后生仔比试功夫，教打师傅搭好桥马，八面威风，大吼一声放马过来。后生不是会家子，岂是敌手？遂急中生智，双手抓起身旁柴片，向对手劈头盖脸连续猛扔猛打，教打师傅精通的引进落空沉桥搭桥四两拨千斤等等玄奥功夫根本无法发挥，只得落荒而逃。另一则教打师傅怕油锅的故事是说，一教打师傅与人街头比武，对方待其摆好架势，出其不意，端起身旁炸油炸烩的滚油锅，倾锅泼出，一招制敌。

教会徒弟打师傅

话说闽粤赣边有一巍巍高峰，壁立千仞，白云缥缈，其顶峰有名胜曰古母石，长风吹拂，作摇摇欲坠状。其山腰有一古寺曰梁山禅院。因其地势险峻，人迹罕至，香火不旺。

明朝洪武年间，有所谓"十八将军"进驻福建行都司汀州卫武平千户所，镇守三省通衢要道。一武将厌倦功名，隐居于此，今失其名。传闻此公武功出神入化，但其人如闲云野鹤，神龙见首不见尾。汀州赣州嘉应州几多客家弟子慕名前往拜师学艺，禅师口称老朽，只懂打坐念经，徒费衣食，一无所长。后生一个个怅然返回。

一日，一少年樵夫困饿山间，奄奄一息。大师大发慈悲，救活樵夫一命。樵夫低头就拜，此后，视之如父，常来常往，只是只字不提习武之事。大师见樵夫骨骼清奇，是块练武功的上好材料，欲收为徒。初，樵夫不从，大师再三晓以大义，樵夫勉强从命。十年寒暑，樵夫已尽得大师南少林武功绝学真传，遂拜别大师下山，甫一出道，即威震武林。一年后，樵夫上山，大师见其眼露凶光，浑身杀气，即言樵夫武功不全，恐非南七北六十三省顶尖好汉敌手，老纳此手中竹伞未必能以五虎断魂刀法削断。樵夫一言不发，挥刀猛下杀手。竹伞断，伞尖乘势刺穿樵夫咽喉而出。此故事在闽粤赣客家聚居地流传很广，故事内容大同小异，时间地点人物常有变化。

大力古

客家民谚云，破柴唔（不）识路，唔（不）怕大力古。也就是说，如果不识木柴的纹路，顺势劈开，那么，就算是力大如牛者，也无可奈何。

承添说，象洞罗家，出过一位大力士，破柴无需识路，大吼一声，斧头下去，再"扭丝"的木柴，也应声而裂。

又说，某年，五六位邻村贼汉，偷斫罗家风水树，罗大力士冲出制止，对方刀斧齐上，罗某腰带一番（挥），夺尽对方兵刃，再番（挥），偷树贼跌倒二三丈外。

闻此言，笔者大笑。

此类故事，客家地区多矣滥矣，你说是罗家大力士，又怎么知道不会是赵钱孙李大力士？

承添亦笑，说此人每餐要吃二升米饭，力可扛鼎。

我说，梁山好汉武松景阳冈打虎时，连吃三斤牛肉，十八碗酒。

说一人武功高强，则先说他食量惊人，是老套路了。过去财主雇用长工短工，先管一顿饭，自家躲起来暗中观察，吃不下三鸡公碗头饭的人，往往落聘。这就是"会吃会做"的意思。

承添后来的故事，让我拍案称奇。

某年，罗家建造了一座土楼。左右两人行墙，手持木杵，起起落落，夯实三合土。大力古见其大汗淋漓，困苦艰辛，就说，何必样般麻烦！遂跳上墙架，双脚交替踩捣，又快又结实。百十年后，这一土楼坍废。人们发现，夹墙上确确实实有一行行粗大的脚印。

铁 丐

赖际熙翰林编著《崇正同人系谱》中，收录有清名宦吴六奇事略。

吴六奇者，字葛如，一字□伯，丰顺客家人，绰号铁丐。"贫时乞食粤东诸郡，悉山川形势"，后随清军征战，屡立战功。

铁丐精武艺，尤精箭术。揭阳一战，"连发二矢，射城上贼首，贼首中矢坠城下。"

王士正《香祖笔记》记载了查伊璜与铁丐交往的故事。

大略是查伊璜在一个下雪天，见一丐在廊下避雪，便邀请同饮，次年复遇之于西湖放鹤亭下，言语投机，留与痛饮一月，厚赠以归。

后来，铁丐发迹，累官至广东水陆师提督，遂恭请查伊璜做客惠州，停留一月，盛情款待。

又说，查某日游后花园，看到一峰高二丈许奇石，很喜爱，赞叹不绝。第二日，发现奇石不见了。左右说，这块奇石已由巨船送往吴中查家了。

又说，查回家后，因受编著秘史"文字狱"牵连，吴六奇多方营救，获免于难。

当代文学大师金庸即查良镛，在其武侠巨著中，曾演绎过铁丐故事。言铁丐初遇查伊璜时，奋力搬动巨物，出具酒食。铁丐神力，由此可见一斑。金大侠如椽巨笔，写英雄故事，摇曳多姿，令人荡气回肠，可惜未点明"客家"二字。

 # 花鼓娘子

花鼓娘子系上杭中都五梅拳承上启下人物。

据上杭邱德昌《五枚武术梅花拳》一文称，现广泛流布于闽西上杭中都古基村之五枚拳，始祖为南少林五枚师太，五枚师太传艺于严咏春（创咏春拳）、苗翠花，江南艺人花鼓娘子得其真传。花鼓娘子辗转奔波于闽粤间，后与上杭庐丰湖洋人邱进年结为连理，收当地孤儿黄宝善为子，传其武功。黄传武功于蓝溪黄潭人龚荣煌，龚荣煌传侄儿龚德林。中都邱氏众武师随"两龚"习武，发扬光大，拳名益著。

《龙岩地区志》云，上杭五梅拳传自"炉脚庵"尼姑，与邱文有异，未知孰是。

邱以为"五梅"系"五枚"之误。

壬午初春，德昌来访，口述五枚武功渊源，并演练五枚拳之"儒家打"（小八法、大八法、生克、四椎子、鲤鱼翻白、鹞子翻身、佛子手、梅花手）。观其进退攻防，吞吐沉浮，极为灵动，确系以柔克刚上乘功法。

药弩三千

药弩者，按字面解释，即俗言药箭也。擅长此道者，有长汀客家人罗良。

罗良为长汀何地人氏，不详，活跃于元末至正年间，"负俊才，善谋略"，元至正四年（公元1344年），罗良倾家募兵平漳州城，从此踏上征伐之路。十数年间，转战漳泉潮汕，甚至挥军长驱解省城福州之围，战绩显赫。至正二十一年（公元1361年），功拜福建行省参知政事兼守漳州。

观其临阵接战法宝，绝技为药弩毒箭。明何乔远编纂《闽书》载："贼见药箭，惊曰'此漳州罗万户军也！'各骇散，围解。"又说："良每击贼，专以设伏取胜，药弩挫敌，远近畏其名。"

然而，药弩设伏之于罗良，成也萧何，败也萧何。大约是元至正二十三年（公元1363年），陈友定发兵攻漳州，罗良故技重演。"使三千人操强弓毒矢，伏江东险处待之，且诫曰'倘有他警，切勿轻移'。"不过，陈友定声东击西，调虎离山。伏兵果然中计他移。"友定兵遂渡柳营江，士卒惊骇四散。"罗良失此劲旅，迫战马歧山，败绩。陈友定围城旬月，破城。

元末民不聊生，义军蜂起，罗良为暴元奔命效力，成败功过得失，姑且不论。其毒弩设伏战法，可谓别具一格。

公元2000年至2001年间，笔者供职于《海峡都市报》漳州记者站，每每穿行于古城大街小巷之间，遥想八百年前，有长汀客家老乡挥动三千劲卒，一声令下，毒箭似漫天飞蝗，泼向城外，而古城堞口，折射出冷艳、橘红的余光。

宁化武将

宁化为客家祖地，所谓"北有大槐树，南有石壁村"是也。

宁化山川俊秀，吸纳天地之灵气，自然人才辈出。武将者，有大将军郑彦华。

郑彦华为五代至北宋年间人。李世熊《宁化县志·武将》云"尝射杀乳虎，以勇闻"。按，乳虎，应作哺乳母虎解。其护子情切，必拼死搏斗。凶猛如此，还被小郑射杀，所以"以勇闻"乡里。

五代战乱不已，郑彦华挟技投军，曾登城操长钩捉得攻城唐将李兴，唐兵见此丧胆而退。闽国亡后，郑为南唐将。《县志》载："大小百余战，身被五十余枪。"仅此可见，郑彦华冲锋陷阵，勇猛过人。北宋灭南唐，郑深受宋太祖器重，"太祖征太原及幽州，用彦华为将。"

文事武备

俗谚云："有文事者必有武备。"

《赣州府志·人物志》载：唐末进士李迈因宦官谗言而归故里后，"从南安军节度使高骈讨李涿余党"并于乾符年间"追斩王仙芝"。后官拜兵部尚书。

《临汀志·进士题名》载：进士郑文宝于宋淳化二年（公元991年）奉使往四川陕西一带检查税务，"行次渝漳，闻夔州戍卒劫掠为乱，乃乘舸顺流，一夕数百里，至则悉擒斩之。"因而拜为兵部员外郎。

舸为大船。郑文宝外出检查税务，所部兵卒，当为少数。且观其上下文意，乃郑文宝挺身而往，并未调集大部兵将。顺流数百里后，长途追袭，不见体力困倦，立即接战，将以逸待劳的乱卒悉数擒斩。大智大勇，令吾辈赞叹不已。千载之下，还可以想见滔滔江面上，一舸如箭，破浪而来；还可以想见郑文宝提剑挺立船头的凛凛威风。

吾师福文于史海中搜得此两则掌故，点评说："这种士子能武的现象，更进一步说明崇尚武艺之风在当日闽粤赣边已相当盛行"（北京燕山出版社《客家探论·唐末至北宋闽粤赣边经济社会与人文》）。

 # 击剑读易轩

读易轩在闽西武所城。武所城即今日蜚声中外的闽粤赣边"百姓镇"。

《明史·卷二百一十二列传第一百》载："大猷辞归,伯温用为汀漳守备。莅武平,作读易轩,与诸生为文会,而日教武士击剑。"

大猷精武艺,长于韬略,为抗倭名将,武功专著有《荆楚长剑法》。

研习武功者认为,所谓荆楚长剑,实为棍棒,其功法为少林七十二艺之一。武平中堡,世传石家棍法,攻势凌厉,可力克强敌,或为荆楚长剑一类。

大猷莅武平之时,"连破海贼康老,俘斩三百余人"(《明史》),以至于"广寇怀畏不敢犯境,士民德而祀之"(清康熙三十八年重纂《武平县志·卷七》)。

时光流转,读易轩已荡然无存。笔者感慨系之,作《读易轩》散文,载《人民日报·海外版》及《海峡》2000 年第 3 期,录入《梁野风》。

卖竹器者

闽西岩前，与粤东蕉岭（镇平）毗邻，中国名胜狮岩即在境内。

岩前地势险要，有"明堂容万马，水口不容舟"等"十二胜"，古时闽粤战事，多有波及，是以民间习武者众。

20 世纪 70 年代，岩前墟日，常见三角坪有一卖竹器老人，竹器式样无非竹箩鸡笼盘篮一类，本无独特之处，而老人常年戴一双破旧手套，则颇引人注目。

某墟，当地二流子多人骚扰墟场，踩烂老人鸡笼，老人奋力一搏，二流子手脚骨折，哀号不绝。众人惊诧间，老人从容收拾摊点，扬长而去。

从此，岩前墟上再也见不到这个老人了，有人说在广东某地还见到他。

识者说，此老人乃老鬼马祥徒弟，练大力鹰爪功多年，双手成灰黑色，极可怖，状似松树皮。

富光叔公

富光叔公，姓练，象洞洋贝人。悬壶济世，尤工小儿科。早些年，常有广东邻里开手扶拖拉机来请出诊，为乡间名医。

兄弟梓叔传言，富光叔公年轻时为"狮头"，红腰带一扎，可飞身"缩"（跃）过三张八仙桌，擅飞脚，精钯头钩刀。

传说某年，富光叔公往粤东松源摆摊卖草药，地痞寻衅滋事，叔公解下腰带一"番"（挥），力道刚猛，声如空中炸雷。地痞见势不妙，溜之大吉。

富光叔公岐黄之术高妙，医名大大超出武名之上。笔者见叔公，清瘦，斯文，一团和气，平常如山村教师。问武林掌故，笑而不答。

流民大伯

抗战时，潮汕流民成群结队涌入闽粤赣边，往往数百十人一群，其首领人称"大伯"或"流民大伯"。流民日出乞食，有严厉帮规，"流民大伯"则出行坐轿，威风凛凛。

某日，武邑象洞乡某大户人家办喜事，大宴宾客。有"流民大伯"率衣衫褴褛众流民络绎而来。某管事者说，给些剩饭剩菜打发算了。房长叔公大喝：慢着，你后生仔懂个啥！即趋前向"流民大伯"恭敬施礼，说，光临寒舍，十分多谢，请问宾客来了多少？摆几桌？"流民大伯"笑笑，伸出三根指头。房长叔公即在厅堂摆放三桌，恭请众流民入席。流民涌入，打竹板，唱山歌，满口吉祥言辞，桌上好酒好菜片刻间如风卷残云。酒足饭饱，"流民大伯"接过赠礼道一声多谢，率众鱼贯而出。

房长叔公送客返回，冷汗淋漓。原来，邻村某户办喜事，怠慢了"流民"。"流民"大闹，打烂主人门窗锅盖水缸，上房揭瓦。保安队闻讯赶来弹压，竟被流民一一扔入河塘。

传言，"流民"多有旁门武功，有时蛮横霸道，除死无大债，有时又讲规矩，秋毫无犯。乡村富人，多不敢撄其锋。

讲述者言，曾亲见某流民入厅堂乞食，某壮勇搬谷垄（乡村脱谷壳器物，黄土竹片混合制作，重数十斤），砸向流民脚面，流民猛抬腿，谷垄直飞天井屋顶。壮勇大惊失色，转瞬逃遁。

近读林国平主编《文化台湾》（九州出版社），言清乾隆年间，闽粤移民中有一群"衫裤不全""赤脚终生""游食四方""居无定处，去无定方""风餐露宿""夜宿庙观""鼠窃狗偷"者，此为"罗汉脚"。

"罗汉脚"似于"流民"有某些相似之处。

上杭技击家

丘荷公著《上杭县志》有"方伎传"一卷,中列国术技击家四人,中都人丘和盛即上文"磨石做扇"人物原型。薛衷和,少习少林技击术,"乡试,道出剑津,泊舟荒渚。"夜半有十余匪徒来袭,薛以汗巾飞钱击败众匪。丘正元,精通技击"软硬二术,恂恂如儒者"。县志载,丘"能以两指夹足陌制钱,使人用巨绳曳之不为动"。太平天国末年,太平军过上杭,老态龙钟的丘老先生避居在石室中,手持双铰,太平军数十根竹竿长枪不能逼近。另一名家为胡成魁,上迳人,"精拳棒,专用木耙。"

近读《地犬术》一书,言永泰一技击名家功夫高强,村人急关大门之际,技击家单掌插入,门弥合,手掌安然无恙,门缝留有深深指印,迄今犹存云云。

观其技法,似与上杭丘老先生如出一辙。武侠小说曰:少林金刚指力。

叶底藏花

余少时住外公家，此地为岩前大布村龙兴围。有四叔公者，恂恂如儒者。传言其青壮时走遍江（西）广（东）福（建）三省，是个能人。一日，四叔公见顽童在禾坪嬉闹，遂教以"叶底藏花"招式。但见一刀在手，片刻藏于掌心肘腕，一翻掌，成握刀势，刀尖向外。其手法快如闪电，变换在瞬息之间。顽童苦求四叔公教以刀术，老人笑笑走开，始终不传。

恶 僧

当今武侠影视或小说，武僧多为匡扶正义者，以"十三棍僧保唐王"故事演绎成的《少林寺》为典型。弱小善良者，纵是恶势力步步追杀，一入少林寺，即闻梵音钟声，安全脱险。

在闽粤赣边客家地区，武僧形象因人因时因地而异，往往有凶顽之徒。

说是有某彪悍武僧，手托数百斤石臼沿古城古镇店家乞讨，进店，则置石臼于柜台。见此庞然大物，店主惊呆，乖乖如数奉上银钱。

通常，在武僧四处欺诈之后，有某位武林高手，大凡是其貌不扬的老人，路见不平，出手制服了武僧。

残忍武者

真正的武者，应具有侠者的情怀，于是，武林高手最终多成为慈眉善目的老人。

家乡人常常如此说。

也有一些习武者误入魔道，体现出残忍的一面。

说是习武者某某，云游天下，学得一身绝世奇功。多年后返回家乡，见村口一儿童单掌劈石，功力非凡。某某思忖，黄发少儿有此功夫，长成必为自己争霸武林障碍。遂施以杀手暗算，儿童口吐鲜血，临终前说出老爹姓名，呼唤老爹报仇雪恨。某某狂呼一声，昏厥踣地。原来此儿童正是某某亲生儿子。

有传说书生某某读书荒郊草庐，某夜一神秘女子投奔，相谈甚欢，遂云雨焉，遂生子焉。

某夜，月白风清，女子失踪，书生正绕屋彷徨之际，女子一身夜行装，携剑提革囊归来。灯下，女子说，俺实为江湖中人，今夜大仇得报，将与君永诀。说完，一闪即逝。

但闻田野风声，书生呆立怅然。

片刻，女子又返回，说不忍小儿悲苦，俺再见一面，最后喂一次母乳。

女子入屋良久，无声无息。

书生入内室，但见小儿身首异处，女子则杳如黄鹤。

气功大师

　　说的是某恶棍为非作歹，某老人笑眯眯地靠近，轻拍其肩劝说。数日后，恶棍突然半身不遂。

　　又说此老人只是手掌拂过其肩，恶棍回家，皮肉完好，并无异常，全身骨骼竟寸寸断折。

　　更为神奇者，说是老人手抚剑匣，剑匣纤尘不动，匣中铁剑则为齑粉。

　　客家地区流传的武林气功大师掌故，故事曲折，跌宕起伏。笔者在此仅概述其大要。

铁 钉

铁钉是客家武林掌故中的常用道具。传说某镖师携两袋铁钉，遇敌挥出，敌应手倒地。则此铁钉如侠义小说中黄天霸之金钱镖，直追现当代速射武器枪弹。

传说某甲挑战某乙，某乙嘻嘻一笑，招呼用茶，说家具老旧失修，稍等片刻。说罢，取出一把五寸铁钉，射入坚硬檀木桌面，复挥掌猛拍，铁钉齐齐没入。又说修错了，伸两指夹出。又此这般，某甲自知不敌，锐气大减，借故逃离。

传说某地功夫高手，某次参加朋友聚会，酒酣耳热之际，射出多枚铁钉，将悬挂灯笼原有铁钉一一置换。功夫高深，出神入化。

女 "强盗"

客家地区对于女强盗的传说，多半有夸赞的意思，古今皆然。

少时，余往废品收购站卖烂铜铁，见有一老太婆来卖鸡毛鸭毛，此人动作麻利，却少说话。老人走后，一位打算盘的精干职员立即大呼小叫，对同事说，你知道她是谁吗？她就是大土匪婆某某，双手会打枪，连脚趾也会打机关枪呐！

若干年后，翻阅县文史资料，知此人为国民党地方军某少将旅长小妾。少将旅长因内部火拼被杀害于上杭。此女子率部设伏黄土岭，袭杀福建省保安处处长及随从。报仇雪恨后，退隐江湖。

赵云著《一个少将遗孀的回眸》言之甚详，谓此女子有善心，有祖传秘方云云。在此不赘言。

严格地说，速射武器时期的"武功"，不列入客家武林掌故。因其精神上有相通之处，附记一笔。

古时客家地区"女强盗"均为武艺高强者，故事类型大致有如下数种：一是说某"女强盗"比武招亲，暗中留情，招来某某"帅哥"，甚至是直接将"帅哥"掳上山去，强委身焉。此故事模式大致与"杨家将"故事及"李信与红娘子"故事类似。一说是某"女强盗"行走墟镇或山间，某浪子见色动心，言行轻佻，"女强盗"施技惩罚，轻者，伤筋断骨；重者，性命不保。一说是某世家公子携财物远途跋涉，途中遇"女强盗"，不敌，财物掳尽，正绝望间，忽听铃声响起，一女子策马而来，如数物归原主，复打马绝尘而去。

快　刀

却说武功掌故中，"快"字诀大有名堂。

说是某高手出刀，但见刀光一闪，八仙桌纹丝不动，人走，八仙桌四只桌脚齐齐折断，一桌酒菜轰然落地。同例说法的另一版本是，高手出刀，一排蜡烛火光吞吐，轻敲案台，蜡烛齐整栽落。

又有一拳师上墟场做把戏，地痞来踢场子。拳师随手捡起地面一节甘蔗，往空中抛去，旋即拔刀，刀光闪动处，百数十甘蔗片飘飘坠地。此等功夫，令地痞面如土色，呆若木鸡。

空中抛物，一般武人出手一刀两断，已属不易。浮空中一劈再劈，则近乎天方夜谭。

更玄乎的是，某一刀客持无色透明薄如蝉翼兵刃，酒店遇敌，未见其动作，饮酒如故。敌快然退出，行百十步，阵风吹过，身首异处矣。

近读唐张鷟《朝野金载》，有一位将军叫辛承嗣，他为了显示自己的快捷，曾经解鞍拴马，脱下衣甲，躺在地上，好像是很悠闲的样子。此时，按辛将军的命令，一位壮士从一百步策马持枪奔杀过来。辛将军从容解开绳子备马，穿上衣甲，上马盘枪迎击，一瞬间将壮士擒获返回。

笔记小说中，不着一词形容辛将军的速度。"承嗣鞴马解绊，着衣摄甲，上马盘枪遂拒，刺马擒人而还。"在一百步距离快马来袭的短促时间内，辛将军作出了一系列的复杂连贯动作，速度之快，可以想见。

由此可见，说什么"快速反应"，一大堆形容词，一大堆的副词，实在不如几个准确的动词。连贯的动作，"快"在其中。

　　辛将军使用的兵器是枪，可算是"快枪"了。细想，高手的决战，一枪刺出之前，快如闪电的，又岂止是枪？同样，高手挥动的快刀，又岂止是刀？

# 魁星踢斗

说的是某客家武举十八般武艺样样精通，且颇有谋略，某年晋京考试，时南七北六十三省各路好汉云集京师。客家武举暗中观察，功夫上乘者比比皆是，因为出门前多说了几句大话，若是中不了状元，则无脸见江东父老，好在同宗族姐已荣任贵妃娘娘，三千宠爱集一身。为确保万无一失，上层路线还是要走的，遂打点行当，带上一批闽西八干一类的名优土特产，几经周折，见上了贵妃娘娘。贵妃娘娘见族弟虎步生风谈吐优雅，不觉莞尔一笑，叫族弟放出客家武功家学本领出来，中状元根本是不成问题的。原来，贵妃娘娘家乡观念极重，一门心思要让族弟打破"武状元不过江南"的历史纪录，以光宗耀祖。遂在皇上侧旁大吹枕头风，皇上金口恩准。

不料，此客家武举进宫活动一事，早已为同馆武举探得。众武举愤愤不平，十数载数十载冬练三九夏练三伏，人人志在夺魁，岂知功夫再好，不敌红裙媚眼，吐血喝毒药跳楼吊脖子也无济于事。其中一武举激愤之余心生一计，如此如此，这般这般，众武举拍案叫绝。

转眼便是大比武之日。演武场上，旌旗猎猎，甲光耀日，戒备森严。皇上御驾亲临指导，各路武举精神振奋，干劲十足，使出浑身解数，一路演练下来，个个龙腾虎跃，功夫了得。轮到客家武举上场，但见他十八般武艺样样精通，刀剑飞舞，风云变色，日月无光；引弓扣弦，箭似流星，百步穿杨；纵马驰骋如旋风疾卷，追光逐日。功夫自有过人之处，不愧为客家第一武林高手，赢得满堂喝彩。最后一关是自选项目，此公特擅长青龙偃月刀春秋刀法，但见他丢开一个架势，八面威风，正气凛

然，直如忠肝义胆武圣人关云长再世。话说客家武功极讲究架势，客家俗话讲："有打么打八板头要醒。"这一招"夜读春秋"，端的是刚柔相济，如诗如画，潇洒之极，醉倒大家。客家武举一招得手，信心倍增，窜高伏下，辗转腾挪，刀光闪闪，犹如大江大河，气势磅礴，风起云涌，山岳崩摧。眼看是稳拔头筹了，不料，突然一个闪失，青龙偃月刀脱手破空飞出。原来同馆武举暗中在刀杆上涂上桐油做了手脚，桐油遇热油滑，遂有此失。说时迟，那时快，就在青龙偃月刀即将落地的瞬间，客家武举一脚弹踢空中飞刀，纵身接刀横扫，气势如虹，力敌千军，然后气定神闲徐徐收势。此处变不惊化险为夷功夫，满场举子不服也不行了，不由得齐声喝彩。

　　皇上龙心大悦，问此为何等功夫？客家武举启禀皇上，此乃魁星踢斗。皇上曰，真乃状元之才也。话音一落，客家武举低头就拜，谢主龙恩。

狮子滚球

　　狮子滚球故事即吕妃助亲故事，与魁星踢斗故事如出一辙。话说古时客家某地有一吕姓武举，自幼习武，又得名师指点，文韬武略，不敢后人。某年进京会试，志在夺魁，抵达京师后即走上层路线。族姐吕皇娘透露考题。同期武举得悉内情，图谋暗算。吕武举行韬晦之计，装扮手臂负伤，逃过一劫。但同期考生铁钉加转角，串通考官，以油蜡涂比赛用具石狮子。吕武举应试，站稳马步，大吼一声，奋力将石狮子举过头顶，不料，石狮子突然下滑，吕武举应变快捷，一脚踢出，石狮子滚出丈外。主考官问此为何种招式？答曰狮子滚球。皇上龙心大悦，当即钦点吕武举为状元。

纸花伞

"千祈莫碰纸花伞（女人）。"

千祈，客家话，就是普通话"千万"的意思。

纸花伞，也就是戴望舒《雨巷》中描写的油纸伞，有梅兰竹菊一类图案，叫成了纸花伞。江南岭南多雨，绵绵不绝，持纸花伞的女子袅袅婷婷。因此，纸花伞很女性。很多时候，成了风流女子的代名词。

"千祈莫碰纸花伞"的意思就非常明白了。

这句话是闽粤赣枫岭寨的谚语。这个谚语常常挂在老人的嘴边，这个谚语可以说是九叔公以生命为代价换取的。

九叔公那时还年轻，二十出头，魁梧、英俊、聪慧，还很善良（刚才说过九叔公刚二十出头，我们暂且叫他阿九好了）。那年头，来提亲的四乡八邻媒婆踏破了我家族古寨堡的门槛。

终于，阿九相中了陈家庄的赛银花，问名纳彩什么的礼数都顺顺当当做好了，当年中秋过后迎娶。

这赛银花她爹是个了不得的人物。八百里汀江韩江水路上都有他的人；他家的山林木头，"比全县人家的竹筷子还多"。有人暗地叫他土霸王，更多的人当面叫他陈大善人。总之，民国年间的历任县长，上任的三件大事之一，就是来陈家寨拜访他。

这赛银花呢，是陈家八虎的九妹。说起来也怪哉了，八虎个个满脸横肉，独独这九妹貌美如花。因此，乡人齐唤赛银花。

阿九排行第九，赛银花排行第九，而且是同年同月同日生。博友们，您说这是不是缘分呢？

话说有一日下雨，赛银花持纸花伞在泥泞的山路上独行。为什么独行，没人知道。一阵狂风，纸花伞吹落山溪。阿九恰好访友归来，喝高了，虽看不清美女，却看不惯女子淋雨。见状，将自个的斗笠扣在赛银花头上，下溪捞来雨伞，取回斗笠走了。赛银花记住了阿九。

后来，就有媒婆来枫岭寨我家族提亲。后来，阿九就去偷看赛银花。咦，好像在梦中见过，很亲切，很怜爱呀。阿九应了婚事。

八月秋风渐渐凉。转眼到了八月，八月的闽西，可是最美丽的时节了。山上，五彩缤纷；清溪，游鱼可数；梯田，秋禾收尽，禾田鸟雀纷飞；天空，碧蓝，高远。

我家族枫岭寨的阿九"放木排"后溯韩江汀江归来，闲了几日，很是无聊，和家里人打了声招呼，扛起锄头锄梯田去了。

我家族的梯田很多。阿九这次去的是湾尾角，汀江岸边的湾尾角。

我们知道，阿九很魁梧，健壮，几袋烟工夫，在二三十丈长的梯田里锄了个来回。

顺便说几句，我家乡梯田，形状不规则，大的像操场，小的像木勺、斗笠、蓑衣，很多梯田牛上不去，要靠锄头。锄头重量一般是三斤半，客家人叫镢头，这可是中原古音。我回乡务农时，扛过几年三斤半，感受最深的，这是力气活。

话说阿九锄了个来回后，直起身擦汗。噢，对了，他的汗巾就绕在头上，像《地道战》《地雷战》中的农民。他是光着膀子的，汗水在他宽厚的脊背上淌成了条条小河。

这时，他听到了咻咻的笑声。定睛一看，一位持纸花伞的妙龄女子亭亭玉立款款而来。她的身后，是汀江湾尾角。湾尾角柳树上，系着一条小船。

阿九不笑，用力锄田。

"阿哥仔，讨口水喝。"

这女子走近了，说话了，语调（话尾子）很是恬静、温柔。

"田头，自家喝去。"

阿九哥头也不回，锄地。

"阿哥呐，水好甜哪。"

女子又说话了。

"甜？甜就拿去。"

不知怎么回事，阿九丹田上下一阵阵燥热。

"哎，莫敢呐，多喝一口好了。"

又是柔柔的声音，像是一根鹅毛在耳朵边撩拨。

说话间，一阵乌云飘来；接着，起风了；接着，大雨倾盆。

荒山旷野，四处无人家。阿九和女子只得一路奔逃到小船上躲雨。

小船很干净，很舒适。空无一人。不，现在应该说有两人。

雨打竹篷，砰砰作响。

雨脚如麻，遮没了远山近景。

女子拿了一条粉红的香甜的干毛巾给阿九。

阿九很不好意思，因为，刚才说了，他光着膀子。

阿九很健壮。

漂亮的女子和健壮的阿九在此时此地此情此景会发生什么事呢？

总之，该发生的都发生了。

这场豪雨，持续了一个多时辰，阿九他们的梦也就做了一个多时辰。

雨停了，阳光斜照。

上游飘来了黄浊的水流和残枝败叶。河水开始上涨。

阿九羞涩地一笑，跳上岸去。

刚上岸，船就移动了。

女子说："阿哥仔，去梅州城吧，钟神医能帮你。"

后来，阿九，也就是九叔公一夜之间在我们家族消失了。

阿九消失后，传闻很多。较一致的说法是，那女子是麻风女子，陋俗说是交接的人越多，病愈得越快，从汀州一路下来，船出潮州，也就差不多了。

还有人说，陈家的一位兄弟不乐意阿九，收买了那女子来害他。

不管怎么说，纸花伞是碰不得的。"千祈莫碰纸花伞"成了谚语，成了一些族群的记忆，成了戒律。

农耕时期的一些痛苦一些浪漫和一些辛酸，都翻过去了。

朋友，现代社会，还有没有类似的"纸花伞"呢？或许有，或许没有。

上世纪70年代后，有村人去粤东名胜某山上香。那人说，有一位九旬高僧酷似我堂兄建雄他五爷，也就是说酷似咱们家族中人。他会不会是阿九——九叔公呢？

八月十五

八月十五，月光如水。深山，谷地，金黄的八月粘稻浪在山风吹拂下泛动柔光。

在一块巨石后，有一座守夜人的寮棚。三炮牯放下酒葫芦，再次举起鸟铳，乌黑的铳管如一支黑色的利箭。

一阵窸窸窣窣的响声从山坑田的那一边传来。

山风起，秋草摇曳，稻浪翻飞。

这头发情的野母猪还能逃得了我三炮牯的神铳？我等你这婊子三天三夜了。

三炮牯成名，在十年前秋天猎手比铳大赛上，三铳干下了三只天空高飞的云雀。众猎手不服也不行了，发财牯便叫成了三炮牯。

稻田间响声越来越近，月色下一道波浪翻涌而来。

近了！三炮牯猛一搂火的瞬间，飞速抬高铳管。

"轰"山鸣谷应，山鸟惊飞。

迷雾中，稻田间，曼立着一位平静如千年古井的女子。

"你撞死啊！"

"呸！乌鸦嘴。"

"半夜三更，入山做脉个（什么）？"

"回娘家。"

"入田撞死，野猪翻生啊。"

"呸，入田鬼打墙，走唔（不）出。"

"哼，娘家在哪头？"

"山子背。"

"脉个（什么）人家？"

"石桥妹子屋家。"

"榕树头下石桥妹豆腐坊？"

"唔哪。"

"走哇。"

"唔哪。"

踏着月光，她与三炮牯沿山路往山子背走，山雾迷蒙，秋露沾衣，圆月在天，山风浸人。她在前，三炮牯在后，一铺半路却没有搭腔一句半话。

月西移，已到山子背榕树头下豆腐坊。深巷犬吠，此伏彼起。月色溶溶，村落寂然。三炮牯猛拍门，响声惊动四邻。

门开，石桥妹睡眼蒙眬，披件衫，打了个长长的哈欠，淡淡道："妹子，又雀归来哩？"

"哥……"

妹子抿了抿嘴角，泪珠晶莹。狗又狂叫，三炮牯已走远。

三年后的又一个八月十五月夜，月光华华，秋意已深。山前客家围龙屋的一个坑头上，三炮牯钻出被窝，推醒身边的老婆。

老婆嗔骂："又想做鬼事？"

三炮牯盯着西窗外的圆月出神："啧啧，幸好，那一铳打歪。"

老婆嘤咛一声。三炮牯扯了扯被角，翻转身，相拥入睡。

竹 笛

客家山歌，四海扬名；客家器乐，水涨船高。

话说闽粤赣鸡鸣三省之地有一高耸入云的梁野山；山下，有一缓缓南流注入千里汀江韩江的平川河；河两岸，茂林疏竹处，有陈家村、李家村。

陈李两族，隔河相望，自东晋末年源于河洛开基于兹，两族通婚，人丁兴旺，和睦共处。

既是中原名门望族，耕读世家，乃文章千古事，宗祠前石龙旗林立，光宗耀祖，礼乐自不敢后人，上代至今，历年大年初三，两族隔河竹笛竞技。

为何单用竹笛？传说与上祖南迁有关，然谱牒均语焉不详。

陈老秀才、李老秀才多年隔河竹笛大战，技艺登峰造极，难分伯仲，遂握手言和，感叹吾辈老矣，好戏且看后生。

李家后辈竹笛高手是李秀才。

陈家后辈高手是飞儿。

传闻李秀才技压群雄嘉应州邹鲁之乡罕逢敌手。

传闻飞儿惊才绝艳汀州文献之邦所向披靡。

深秋，风萧瑟，平川河畔，芦花飞落。陈老秀才望着生机勃勃、丰神俊逸的飞儿道："飞儿，一勺水，便具四海水味，世法不必尽尝。"飞儿笑答："爷，千江月，总是一轮月光，心珠宜当独朗。"老秀才如释重负："飞儿，你去吧。"

飞儿走向白云缥缈的梁野山，结庐独居。山高高，水泱泱，一山一石，一草一木，一枝一叶，有琴声笛韵，真情流转。飞儿日夜苦练，持笛从山脚吹上山峰，又从山峰吹落山脚，看白云轻飞，伴黄叶飘零。日出月落，转眼便是腊月。飞儿山上山下辗转腾挪，笛声中气柔顺，连绵不绝，一曲《百鸟朝凤》引得满林百鸟翔集，翩翩起舞。

飞儿大功告成，下山。

雪花纷落，梁野山银装素裹，苍凉孤寂，空旷的天地间，有一朵红云伴随一群白羊沿山脊而来。

牧羊女回眸一笑，转入山角。

飞儿顾影自怜，心中涌动着一丝燥热与苦涩。

大年初三日，歌舞升平，四乡八邻百姓聚集平川河畔，但见岸上人如潮，河中水南流。

朝阳从梁野山巅跃出。

同时，一道笛声清韵从西河岸破空飘飞，掠过平静的河面，掠过众人的心头。笛声中隐然见百鸟翩翩，在云间追逐、嬉戏，凤鸣九皋，百鸟婉转……好个《百鸟朝凤》！

西河岸李秀才温文尔雅、衣袂飘飘，如玉树临风。

一曲终了，两岸齐声喝彩。

陈老秀才目光中隐含着深不可测的笑意。此时，飞儿走向河岸。

飞儿绝技在身，步子不紧不慢，腰间紫竹笛红缨飘飘扬扬，一如其人。

飞儿一眼望见了曼立桥头的那朵飞扬红云。

飞儿献技，竟也是《百鸟朝凤》。清韵逐流云，妙曲入翠微。两岸竹笛功夫，旗鼓相当。

飞儿突然奔走如飞，于怪石林立的河岸奔腾跳跃，身法飘逸，笛声纹丝不动，中气绵长柔顺，笛音袅袅，不绝如缕。两岸喝彩叫绝。

飞儿大振，正欲施展梁山飞雪腾空旋转绝技。

突然，木桥上一声惊叫，一朵红云飘落江心。

飞儿一怔，紫竹笛飞落，随波逐流。

"络 人"

邱博士的家乡闽西上杭，前些年发生了一件轰动四乡八邻的"风化事件"。

说的是，一个年轻女子和一个有妇之夫叫邱小三的发生了非正常的男女关系。

做老婆的，是农村女权主义者，代号大辣椒。娘家，有八兄弟，人称八虎。械斗时，八虎可以"横扫一条街"。

这还了得！要治治那小婊子！计将焉出？诸位博友别看这个大辣椒五大三粗，以为她缺心眼，以为一触她就跳。实际上，她这个人称得上有勇有谋。

大辣椒对丈夫的事佯装不知，该吃饭时吃饭，该睡觉时睡觉。

某一日，邱小三和情人在柴火间幽会，正亲亲热热，不可开交。猛然——

大辣椒和八虎破门而入，逮个正着。

大辣椒此时属"维权""正当防卫"什么的，大家都挺同情的，乡规民约也是支持的。后来的做法就有些过分了。

话说，大辣椒和八虎把女子推搡走了。众邻不敢吭声。刚才说过，八虎很厉害的。

后来，这女子被剥光了衣服，绑在公路边的一棵大树上示众。

故事讲完了。

邱博士上场。

这个邱博士是研究语言学的。他说，这个事件，女的叫"络人"。客家话中，"络人"是专指女子无耻地成功地引诱了男子。而男的，叫"搭"。"搭"字，可男可女，共用，类似的词，还有"同""勾"等等。比如说，邱博"搭"了一个某某，也可以说，邱博"同"（"勾"）了一个某某。

邱博士说，他家乡的商业性非正常性关系的用词，则与普通话完全相同。

我认为，邱博士说的"络"字最妙。山歌王刘三姐也就是客家地区的刘三妹，在漓江边对阿牛唱道："世上也只见藤缠那个树呀，不见那个树呀缠藤也。"

这个藤，腰肢柔软，象征女性。缠上了树，即"络"上了树。

这个树，挺拔向上（歪脖子树例外），被缠上了，也就是说被"络"上了。

闽地多山，常见藤缠树。

"络"本是好词，不知什么时候起，给废了，实在可惜。

邱博士忠告博友：如果您到客家地区，千万不要说某女性"络人"，类似"络"字的词最好不说。"络人"，是对一个客家女性极大的侮辱。闻听此言，她不操菜刀砍来，您算是够幸运的了！

红色·鹅黄色

我们的故事是很浪漫的故事，故事的开头是 2009 年深秋的某个早晨，太阳刚出山，我们的主人公正准备启动一辆红色的推土机行走在闽西国道线扩建工地上，阳光透过挡风玻璃的时候，他掸去灰尘，扫视着各种仪表，检查完各种仪器，双手轻轻地放在方向盘上，他感觉好极了，因为他在太阳升起的地方，看到了一组鹅黄色的倩影。

不错，那是县体校的一群少女，正沿东山脚下小路练习长跑。

他快活地吹响口哨，马达的响声淹没了其他声响，他有意无意地把推土机马达的频率节奏与少女们移动的频率节奏联想在一起。

山那边，阳光下，是一组移动的鹅黄色的倩影。

工地这边，阳光下，有一辆红色的运行的推土机。

这组画面持续了十九天。

第十九天，他若有预感，还是早早地来到工地，迅捷地钻入他那辆红色的推土机，掸去灰尘，扫视着各种仪器，双手轻松地放在方向盘上，这时，第一缕阳光穿过挡风玻璃，他期待的目光，向那条小路望去。

那一组倩影终于没有出现。

山依旧，小路依旧，田野依旧，在秋日的阳光下，依旧是那样平和宁静。

他不再等待了，启动马达，马达声轰鸣，惊起一群鸟雀，迎着阳光飞舞。

山 行

　　书画家青田近年与我过从甚密。一日，我在他的"青田书斋"临习《兰亭序》笔意，以克制日益浮躁之心。青田气定神闲地写完"此地有崇山峻岭茂林修竹"之后说，五一长假，我想回老家一趟，去过枫岭寨吗？

　　枫岭寨？去过。

　　枫岭寨是闽西最"山"的一个地方了，临粤东赣南。古时兵戈扰攘，盗匪聚啸，百姓多构筑山寨自保。世易时移，山寨成了"空巢"，多半坍塌，枫岭寨便是其中之一，而名字却留了下来。

　　我18岁那年秋天去过。

　　那一年，我高中毕业，没考上，就回乡务农。不久，我有了个临时差事——协助公安机关进行鸟铳登记发证工作。

　　深山荒岭，野兽出没，多猎户，也就多了鸟铳。

　　我们乡有近百个自然村，遍及方圆数十里的大山深处。

　　这项任务，上级还聘请了另一位临时工作人员——松佬。松佬年近不惑，单身，矮壮，常在乡里做些零碎小工。

　　我们的分工是：我负责填表登记，松佬负责将钢字凿在鸟铳上。除了跑跑走走，这项工作其实是"简单任务"。

　　跑了几个自然村后，我们去枫岭寨。

　　一大早起程，晨雾沾衣，山里空气弥漫着青草的甘甜，高远的蓝天下，层层梯田稻浪翻飞，山泉汩汩，冷冽而透明。沿途都有些不知名的野花野草在秋风中摇曳，而云雀常在山的这边高叫着飞向那一边。

　　我们在石砌路上行走。

松佬不善言辞，却极爱唱歌，词曲大都是从电影故事片上学唱的。此时，他又走在前头，唱起了《红色娘子军》进行曲，唱着唱着，迈起了正步。

　　石砌路是山间小路，乡民用乱石铺砌，年深日久，时有高低不平，草树旁逸。松佬的正步纹丝不乱，装有铁锤等物的军用挎包，很有节奏地拍击腰间。这让我非常佩服。

　　转过道道山弯，我们来到枫岭寨。

　　站在山坳，对面高峰上残缺的城堡隐约可见。山上山下，枫林重重叠叠，红遍了半边天空。

　　山谷里，一湾清溪抱村而过，溪畔散落着百十户人家。我记得静静的村落，远远地有一件件鲜艳的衣裳在乌黑的鱼鳞瓦片上方晾晒着，阳光下迎风飘动。

　　一群上山砍柴的村姑说说笑笑走来。

　　枫岭寨偏远，来人少。她们不说话了，眼角一瞟，擦肩而去。

　　"哎，阿妹，问一个人。"松佬呆了片刻，高声喊叫。

　　"脉介（什么）人？"

　　她们停下了，末尾一位长辫子女子回身问。

　　"兰主任。"

　　"兰主任，找她做脉介（什么)？"

　　"钉铳子。"

　　"呸！钉你自家铳子去！"

　　村姑们愤然，车转身就走。走远了，我们还愣在原地。

　　"哼，长尾巴，俺记得了。"松佬神情怏怏，突然猛扯我的衣角，吼道，"出发！"

　　一位精瘦汉子在村委会热情地接待了我们。通常，他也穿着一件半旧的中山装，别有二根钢笔。他就是村主任了，而村里人都叫他兰村长。一位叫兰主任的，却是妇女主任。山村把鸟铳喻为男根，说是找妇女主任钉铳子是什么意思？这就难怪村姑们生气了。

　　枫岭寨两委班子几天前就接到了乡里的书面通知，见来人了，不到

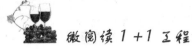

半天工夫就把20多支鸟铳集中起来。下午，我们忙了大半天，把编号一一凿了上去。天很快暗了，填表登记的事，就得加班。

晚饭后，兰村长打着手电筒，沿溪旁走，过石桥，上坡，把我们带到老会计家。这是一处闽西客家常见的"走马楼"。老会记的儿子在县城工作，有空余的好房间。

老会计安顿好松佬后，领我从东厢房转到前厅，说吃饭桌宽大，好填表。

当时山里不通电，前厅亮着一盏煤油灯。

灯下，一位村姑翻看着一本小人书。山夜秋凉，她披上了一件花格小棉衣。

"还看哪，小花，让一让，工作同志要填表。"

我谦让了几句，坐在她的对面，铺开材料。

老会计点燃一盆艾草木屑，打过招呼，歇息去了。

小花默默地把煤油灯推到八仙桌中间，拨亮了些。

我这才看清，小花竟然就是上午遇见的那位"长辫子"。小花或许也感觉到了什么，飞红了脸，低声说，我们是叫村长的。

"没事，打扰你了。"

我开始了填表。填过几张后，觉得该说说话，就问她看什么小人书？

小花灿然一笑，小人书在灯下一晃："《田螺姑娘》。"

我说："我看过。"

"你也看？"

"也看，还能背。"

"不信。"

"好吧，翻到100页。"

"翻到100页了。"

"田螺姑娘见他走了，悄悄走入厨房，把饭菜做好。"

"嗬，是真的。"

"翻到118页。"

"翻到了。"

"从此，勤劳善良的小伙子和美丽的田螺姑娘过上了幸福的生活。"

"你，你，真会读书。"

"没考上。《田螺姑娘》，我也有，还有许多，有《卖花姑娘》的。"

"《卖花姑娘》？乡里放电影，路远，我没去。"

"不想去？"

"爹不让去。"

"我给……村长，给你看。"

"多谢。"

我们突然都不说话了，艾草的"苦香"若有若无，墙脚传来纺织娘高高低低的叫声。

"草唧子，草唧子瞎叫。"

"书上是叫纺织娘的。"

"多好听的名字。"

"是，很好听。"

这时，山谷传来几声沉闷而悠长的铳响，不一会，是呜呜的号角声。

"打中了。"

"什么打中了。"

"野猪。"

"响声好大。"

"山里稻谷黄了，野猪就来踩田，守夜人搭棚子住。"

"棚子。"

"要守，一月半月。"

东厢房响起了铿锵有力的歌声，又是《红色娘子军》，不用问，是松佬唱的。

小花皱了皱眉头，随即把油灯轻轻拨动，灯光跳动了几下，明亮了许多。她放下油灯，起身说："累了，不看了。可要记得哟。"

"不会忘。"

我继续填表的时候，清晰地听到小花嗒嗒的脚步敲打在楼梯上，停了一会儿，又响了起来。

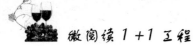

松佬的进行曲却又适时地变奏为呼噜，很夸张。

第二天，我离开了枫岭寨，再也没有回去过。

一个月后，临时工作结束，我进县城复读。后来，出外求学。再后来，参加工作。多年来，我一直没有把《卖花的姑娘》送去。有时偶然想起，也觉得时过境迁，没有必要小题大作，可内心又有丝丝不安。听完我蹩脚的叙述，青田哈哈大笑。

我问："你认识小花？"

青田大笑："不认识啊，真的不认识。"

将军泪

“将军泪”的同题文本，已经有了很多。“将军”给人的感觉是威风八面，为什么流泪了？有道是，英雄有泪不轻弹嘛。不轻弹，一定是有啥东西重重地击中了他。

我的族叔公是一位正经八百的将军，国民革命军第62军中将副军长。练将军是闽西客家人，云南讲武堂步科毕业，从基层军官干起，一直到副军长的位置。军长也是客家人，梅县蕉岭客家，姓黄。因此，这个军，差不多是客家军。不说别的，闽西客家籍的各级军官就有近百人。

62军装备好。现在的人们很难想到，上世纪的30年代末，这个军就是半机械化了。62军很能打，客家人，南迁汉人中的“硬颈者”。您知道上海四行仓库八百壮士的谢晋元吗？知道“姚子青营”吗？客家人。62军最辉煌的时期，当然是抗日战争时期，此后，也打过塔山，不提了。抗战时，62军守厦门，攻南澳，粤北大捷，驰援衡阳，转战桂柳，打了很多大仗、硬仗、胜仗。将军流泪，是在他的家乡，流泪的原因，是因为粤北的一次战斗中的一件事。

1939年12月中旬，日军18师团、104师团、38师团一部及近卫混成旅团共计11个联队6万余兵力分三路北犯粤北韶关。韶关是广东省政府及国军第12集团军的驻地。

仗一开打，鬼子兵就突入了粤北山区。粤军啊，北伐军的老底子哦，和鬼子兵在山区胶住了。这时，一支劲旅，我的族叔公率领的第157师，直扑敌中路要害从化牛背脊。冒雨苦战，拿下了敌阵地，斩首1900多级。敌大惊，阵线动摇。12集团军全线反攻，大胜。

此为抗战史上著名的粤北大捷。族叔公即由 157 师师长晋升为 62 军中将副军长。可是，他的机要秘书——华叔公说，练军长时时喝闷酒的，他的族侄文德连长，在这次作战时牺牲了。那年，回家乡，对乡亲们说起文德，大家看到军长流泪了。

打鬼子，俺们牺牲了多少兄弟啊，他不流泪，文德不同。华叔公说，其实，他是中了自己人的黑枪。

牛背脊位于广东从化县城以北 40 公里处，翁源从化公路要冲，此地峰峦重叠，山势连绵，东、北、南三面临溪。此地为敌中路后方补给基地。

12 月 27 日早上 6 时，157 师前卫团向敌发起了进攻，文德连长率领特务连一个排迅速抢占了牛背脊西北端的最高峰——尖峰山，警戒和掩护主攻部队的左侧安全。攻打牛背脊主阵地的战斗从 27 日持续到 29 日拂晓，整整打了三天三夜，在 941 团配合下，全歼守敌。

文德的特务连一个排，顶住了敌增援部队优势兵力的多次进攻，顶了两天两夜，还饿了一天，杀敌甚众。文德和 38 人牺牲，全排只有 7 人生还。文德中弹部位是后背。老兵们说，中了黑枪！那么，谁打的黑枪？38 名牺牲者之一？7 名生还者之一？族叔公在牛背脊看到这些老兵时，他们悲愤、疲惫，没有丝毫异样。奇异的是，这些生还者都是清一色的广东客家人，另 26 名福建客家兵和另 12 名广东客家兵已经长眠在牛背脊的尖峰山了。华叔公说，当时，军长对 7 名生还者说，辛苦了，好好休息。又对我说，去，把我那白金龙拿来，一人一条。我回转来时，军长已经和参谋长查看主阵地去了。

我们的部队，主要是黄军长的"广客"和练副军长的"闽客"组成的，"广客"、"闽客"，天下客家一家亲，但小的摩擦也是难免的。

文德此人，汀州师范高才生，福建省赛标枪冠军。家乡山多，土匪多，大户百姓枪多。文德来投军时，已经练就了左右开弓的好枪法。族叔公就把他放在了特务连，从班副一步一步干到连长。他那特务连，特别能打，4 月 6 日，一个连守马榴山，连续打退日军一个大队 10 多次进攻，歼敌 400 多，俘敌 1 名。自损 40 余。香港报纸以《一与十之比》报道此战，华南民心士气大振。文德忠勇，那年，族叔公回乡，途经三河坝，土匪四面包围，文德面无惧色，率警卫兵坚守到当地保安部队的增援。族叔公麾下有很多同乡故旧，独独对文德极看重，他常常对阿华说，去，给我拿一条白金龙给文德。

文德挨了黑枪吗？为什么挨了黑枪？谁也说不清了。族叔公当时查一查不就清清楚楚了吗？汤姆枪和快慢机是特务连的标准装备，弹头当然与三八大盖和歪把子或南部手枪的弹头不同。一查就一清二楚了。可是，族叔公不查，对7个生还者问也不问，还送香烟，白金龙呢。华叔公说，当时，我们闽客对军长说，一定要查，文德走得冤屈。军长拍桌子大骂，说，不愿当兵就给我滚回去！手掌也拍伤了，贴了好几贴虎标伤湿膏。我老了，想一想，终于明白了，不查，不查好。自己人打黑枪？笑话，丑闻！文德的英烈名声要大打折扣，福建政府的抚恤金也给不了，文德一家老少喝西北风啊。查出黄军长的人打黑枪就更糟糕，部队会分裂，会乱，大敌当前啊，不能乱。后来，那7个人在衡阳会战到桂柳会战，陆陆续续全部都阵亡了。历史的真相，永远沉没在黑暗之中了。华叔公说，衡阳会战，62军和日军争夺雨母山，特务连要上了，贵佬，7名生还者之一，当副连长了，找到了我，给我一条白金龙，要我还给练副军长。他是喝了一些酒的，他说，文德，读书的，干吗不吃狗肉呢？

华叔公说，文德是不吃狗肉的，这我们都知道。我们客家人是爱吃狗肉的。文德考上了汀州师范，家里没有钱。母亲把家里的大黄狗卖了。那年，文德看到他心爱的大黄狗被狗贩子拖走了，一直到山脚，大黄狗还拼命挣扎、回头，眼巴巴地看着文德。文德对华叔公说过，华仔，你不知道，人黄狗她也会流泪的啊。文德说，他经常想起，秋日的田野，稻田金黄，他去读书，要穿过一段稻田，大黄狗在前面开路，田埂上，一条巷，惊起了一群群飞鸟。文德经常想起他的大黄狗，他非常后悔，为什么要卖了大黄狗呢？当时为什么不阻止母亲卖狗呢？为什么呢？从此，他发誓不吃狗肉。

文德在特务连，人缘一般了，却从来没有与人结仇嘛。特务连的战斗力当然与连长关系莫大的。特务连上下也服文德的本事，服从他的命令。不过，据说，有些老兵说了，文德不是一般的人，闲时，就是好看书，坐在大树下看书，从不与部下打闹。因此，他在特务连也没有几个贴心的。华叔公听说，有一次，"广客"搞到了一条大花狗，杀了，一个老资格的班长，斜佬，端了一大碗请连长吃。文德脸色发青，把那碗狗肉摔在地上。斜佬笑笑，还诙谐地说了句"狗肉滚三滚，神仙坐唔稳"，走了。窗外，传来一群兵的嬉笑声。

黑枪不会与这碗狗肉有关吧？牛背脊之战，老班长牺牲了，抱着炸药包，大声叫骂了"丢他妈"，和一群冲上来的鬼子兵同归于尽了。军长在望远镜上恰好看到了这一幕，喃喃自语，斜佬，英雄！

族叔公会写诗。华叔公说，抗战时，他写过《感怀》，诗曰："想起当年意志昂，腰间悬带赤莲刀。未能醉卧樱花下，空负青灯读六韬。"

文德有才，家乡至今还流传着他制作的一个灯谜："口字四角方，十字在中央。无头又无尾，莫作田字猜。"

冷 枪

　　坐在我们面前的老人，当然是老态龙钟了，如果不是他那挂满胸前的勋章纪念章提醒我们，我们会以为这不过是我们在菜市场上随意遇见的一位老依伯。

　　我们这座炎热的南方滨海城市叫老人是叫老依伯的。

　　柔和的、暖色调的灯光打在老人身上，勋章纪念章随着他轻微的颤动闪着金光。谁会想到，这位老人是身经百战的特级战斗英雄呢？

　　是的，我们在采访老人，拍电视纪录片。

　　战斗英雄说得最多的当然是战斗故事，再有，就是和老百姓的深厚感情。他说，在鲁西南的一次战斗中，他受了重伤，老百姓把他抬下去，杨大娘家像一家人一样精心侍候他，养好了伤。此后，他随部队打涟水，打孟良崮，打淮海，渡江南下，征战宁沪杭，一直打到了福建厦门岛，胜利了，他回到鲁西南的那个小村庄，寻找杨大娘，他没有找到。这个村庄被战火吞噬了，夷为平地。老人说，我悔啊，我一辈子也报答不了杨大娘一家的恩情。

　　老人又说，某一天，他们一个团行进到了一个大海滩，涨潮了，谁也不知道哪个方向是出路。敌机厉害啊，如果这个时候来到大海滩轰炸，我们没有高射机枪等对空武器，一个团弄不好也全玩完喽。这个时候，来了一位老渔民，带部队走了出去。好险哪，最后一批人马刚走上岸，哗啦一声巨响，身后的海滩就被海水淹没啦。那老渔民呢？不见了。

　　我要讲一个故事，是没有人知道的，几十年了，没有人知道。

　　老人说，那个时候，我已经是年轻的"老革命"了，打鬼子，抗战胜利了，部队整编，我带领的游击队与另一支游击队合并成独立旅一团二营，我是营长，教导员是张眼镜，也就是另一支游击队的老队长。

老人说，总的说，我和张眼镜配合得不错，打了很多硬仗、恶仗、胜仗，鲁西南的一次战斗，我带一个连堵住了敌人一个营的八九次进攻，一发炮弹"咣"地飞过来，我一下子给炸翻了。张眼镜带五连顶了上去，阵地牢牢抓在我们手里，直到战斗结束。

我和张眼镜也闹一些别扭，比如，评功评优，我倾向于四连，张眼镜倾向于五连，这谁都知道，最后，"五湖四海"的六连往往捡了个大便宜。

旅长、政委知道我和张眼镜的事，也有点头痛。打淮南古镇之前，政委来了，作动员报告，说着说着，把我的双手和张眼镜的双手紧紧地放在了一起。我们都笑了，心里都清楚政委那意思。

独立旅三个团又一个营紧紧包围了这座古镇。这个古镇，三面环水，一面是平展展的开阔稻田。敌一个团，美械装备的一个团驻守在这里，修筑了大量明碉暗堡。这个古镇，像一枚钉子，割裂了淮南淮北的联系。过去，其他部队打了几次，没能打下来。据说，敌人的这个团到过泰国缅甸，齐装满员，很能打。这次，敌人成了瓮中之鳖了，三打一，我们的重炮在镇外一字排开，威风啊。野司首长把炮营调给我们了。旅长政委把劝降书送了过去。敌团长是美国啥军校毕业的少壮派，听说会开飞机、坦克，非常骄狂。他的回信就签在我们的劝降书上，只有毛笔狂草的一个字："呸！"送信的小战士被割掉了两只耳朵。

老人说，旅长政委召集全旅营以上干部开了个短会。旅首长也不多说话，把敌团长毛笔狂草回信让我们传阅了一遍。那位送信的战士才十五六岁的年纪，站在台上，血迹斑斑的绷带裹紧了头部。他一动不动，强忍住满眼泪花。

旅长说，大家都看到了，嘴皮子说再多也顶不了屁用，刺刀说话！打他娘狗日的！散会！

老人说，大家陆续走了。我把笔记本落在会议室了，回去，就看到政委拍了拍那位小战士的肩膀，轻声说，我们安排好老百姓家了，好好养伤啊。小战士嗫嚅着，首长，我，我，我。见我来了，低头不说话了。我说，政委，本本落下了呀。政委指着一边桌上的本本说，我说谁的呢，稀里糊涂的。又问，战士们情绪怎么样？我说，嗷嗷叫呢。政委说，很好，很好。

张眼镜在村外等我，笑着对我说，那个小同志真是伤对了地方。我盯了张眼镜一眼，说，张教导员，你这是什么话！什么话嘛！张眼镜看着远处，没有搭腔。

我们二营的进攻位置是西南方向，突破护城河碉堡群，攻克几座大院，就可以直扑敌军核心地带。

总攻开始后，我们二营很快炸毁了敌碉堡，突破了敌前沿阵地，攻进了第一座大院。敌第二座大院工事坚固，重兵把守，把我们给挡住了，强攻了几次，伤亡很大，没有拿下。我们就这样对峙着。

夜晚，我带几个人摸了过去，发现敌人撤离了这座大院。我立即组织四连，准备扑向敌人阵地纵深。张眼镜坚决不同意连夜"冒险"进攻，说我们营伤亡已经够大的了，要立即上报当面敌情，按上级统一部署行动。我说，要我停下来，必须有旅长政委的正式命令！我率领四连发起了猛攻。敌人悄悄收缩兵力，没有想到我们会那么快地撵了上去，被打了个措手不及，乱了。其他部队听到动静，一齐猛攻，古镇打了下来。

旅长、政委表扬了我，没有批评张眼镜。张眼镜看着我苦笑来着，想来心里头不会很舒服。换了我也是啊，险些贻误战机，责任不小呢。

打下古镇后，部队开出野地宿营。我和张眼镜及几个连排干部，靠在田间的干草堆上，被太阳晒了一整天的干草堆暖洋洋、甜丝丝的。我们打了胜仗，会喝的差不多都喝了几口酒，高兴嘞。张眼镜红着脸说，老陈，这支派克笔，送给你。我说，这不是你那心肝宝贝吗？我不能要。张眼镜说，我用不着了。我说，尽说废话，我不要。大家都知道，三营教导员牺牲了，张眼镜要调到三营去当教导员，怎么用不着派克笔呢？张眼镜说，我用不着了。呼呼大睡。

第二天，天刚蒙蒙亮，集合号吹响了，我看到张眼镜还是蜷缩在草堆旁，没得动静。不对啊，他这人，平时好像是挺斯文的，听到枪炮声，

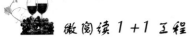

听到军号声，就跑，就跳，就来回走动咋咋呼呼的。今儿个是咋的啦？我上前去推了推他，他一下子栽倒在田地里了。天亮了，大家发现，他死了，头上中了一枪，铜钱大的窟窿，血流满脸，都干透了。可是，整个晚上，谁也没有听到枪声啊。明哨、暗哨、游动哨谁也没有发现宿营地有什么敌情。检查全营枪支包括张眼镜自己的配枪，均无任何开枪迹象。这一枪，从哪里打来的？谁开的枪？为什么要开枪？

部队很快转移了。残酷的战争环境使我们没有条件对这个案子作深入调查。二营的老兵越打越少，到全国大陆解放，就没有几位了。距离的时间越长，寻找真相的几率越是渺茫。60多年了，除了我，还有谁记得那稀奇古怪的一枪呢？看来，那一枪的真相，注定要石沉大海了。甚至，好像根本没有打出一样。而事实是，确确实实有那么一枪啊！冷枪。

人老喽，这些年，我常常想起这件事来。

排炮

　　夜，一团漆黑。高粱营长带着突击营在距离城根下一百来米的战壕内埋伏着。这么多天来，四野某部团团围困了这座古城，以近迫作业的方式把战壕挖到了敌人的鼻子底下。敌人的狂轰滥炸，并不能阻挡战壕进逼的脚步。

　　时间一分一秒地过去了。高粱双眼紧紧盯住了前方，双手紧握一支汤普森冲锋枪。高粱瞄了一下临时配发给他的夜光手表，再过几分钟，就是子时了，部队将按时发起总攻。强大的炮火将覆盖敌阵，一旦炮火延伸，他将率领突击营快速冲过那一百来米的开阔地带，架起云梯，突破城垣。

　　高粱营长是胶东"老八路"了，抗战胜利后，渡渤海北上，白山黑水，关外关内，打了数不清的小仗大仗，这次，随四野大军沿中南线往南打。

　　四野大军南下，在安新一带，碰到了一些硬茬，敌一个团固守古城，想挡路。四野某部一个师，呼啦围了上去。

　　"嘀嗒"，"嘀嗒"，"嘀嗒"。高粱营长似乎可以听到时间的炸响，秒针一步一步地逼近晚十二时。

　　就在这时，一阵排炮呼啸而来，炸在突击营的位置上，炮火光亮中，高粱看到很多战士年轻、鲜活的躯体飞上了天。他的通讯员，胶东带出来的"小八路"，来不及叫喊一声，就被削去了半边脑袋，歪倒在他怀里，脑浆、鲜血喷了他一头一脸。似乎与此同时，炮群怒吼了，城垣那边淹没在一片浓烟烈焰之中。

十分钟后，炮火延伸。突击营发起了冲锋。

这场战斗，没有半点悬念，很快就结束了。四野某部的战斗报告说："激战三个半小时，全歼守敌。"

（事后初步查明，炮击牺牲了二十三位战友，其中，连级干部1人，排级干部3人）。

祝捷庆功大会上，纵队首长将一面"突击先锋"的锦旗双手颁发给了高粱营长，掌声如雷，高粱营长强装笑容，敬礼，接旗。他的脑海嗡嗡直闹，二十三位战友年轻、鲜活的躯体飞上了空中的情形总是盘旋不去。

"小八路"是他从胶东带出来的，每天，帮他打好了洗脸水，叠好了毛巾。跟在他背后，寸步不离。"营长，营长，洗脸啦。""营长，营长，吃饭啦。""营长，营长，您叫俺吗？""小八路"清亮的声音在高粱营长的耳边回响。

是谁打的炮呢？该不会是我们的炮兵试射的排炮吧？

炮营张大山营长是高粱的老战友，外号张大炮。散会后，高粱营长溜达溜达就来到了师直炮兵营。张大炮一见老战友来了，就热情地拉着他来到住处，摸出一瓶老酒和一包花生米，大呼大叫地请高粱喝了起来。高粱几次想问问那一排炮是咋回事，却一直开不了口，显得心事重重。张大炮豪爽地拍了拍高粱的肩膀，说，老伙计，了不起啊，突击先锋营了啊，这一仗打得特漂亮，祝贺你啊，喝，喝！高粱说，大炮啊，我们的大炮可真准哪！张大炮哈哈大笑，竖起了大拇指，高粱米，算你小子有良心，一路打来，我们的大炮哪有不准的，指哪打哪，您说是不是？我说啊，纵队首长也该给俺们营颁发一面锦旗嘛，叫啥子来着，唔。张大炮摸摸后脑勺，一拍大腿，兴奋地叫道，神炮营，叫神炮营咋样？高粱营长松了一口气，一仰脖子，喝干了碗中老酒，连声说是。

部队继续南下，多路追击，攻克赣州后，已经没有啥大仗可打了。一天下午，高粱带通讯员扛着一大箱缴获的美国罐头，找张大炮来了。张大炮一见老伙计，高兴地笑了，说，高粱米啊，您这狗鼻子也真灵光呢，就知道我有好酒。说着，张大炮抱来一坛老酒，透坛香，就着那些美国罐头，你一碗，我一碗，喝了起来。透坛香又叫酿对烧，是当地客家人的家酿米酒，冬至日下料，一升糯米出一升米酒，谷糠陶罐文火烘烤三日三夜后埋藏，开坛奇香，入口甜柔，后劲却大。都喝了三五碗了，高粱营长说，俺说，大炮啊，是1942年吧，也是这样暖烘烘的天气，你那啥游击队被鬼子包了饺子，谁救你们来着？张大炮笑了，去，去你的，每次喝酒都吹，我那是南山抗日游击大队！虎口拔牙嘛，这不，战利品太多了嘛，扛不动呀，影响了撤退速度。救兵，是有你高粱米的，那不是组织上派你们来的嘛，你们不来，有人来。高粱米呵呵笑了，大炮，你记得就好，喝，喝。又一碗米酒下肚了，张大炮也记起了一件事来，说，俺说啊，高粱米，你不是很能干嘛。高粱营长很受用，说，还凑合，还凑合吧。张大炮说，那次，你摸进城去，硬是抓了一个鬼子中队长，鬼子骑兵撵着你们几个跑吧。高粱营长截断了话头，说清楚，那，那不是撵，是敌强俺弱，是俺们主动撤退不是？张大炮说，好好好，是主动撤退，俺们哪都是主动撤退嘛。后来啊，一条河挡路，桥断了，你们主动撤退不了喽，对吧？高粱营长点点头，那是，那是，俺们要跟鬼子拼了，也不知道哪儿飞了几发炮弹，把鬼子轰了回去。张大炮说，瞧瞧，瞧瞧，又装傻了吧，你大恩人俺哪，用九二炮打的。知道不知道那炮弹有多金贵吧，一发炮弹可以拿下一座炮楼，为了救你这浑小子，硬是打了三发，三发哪！支队长说，隔河打，也只有俺那九二炮了。高粱营长大概是喝高了，涨红着脸，说，感谢组织，感谢组织，来，大炮，俺们喝，喝，俺敬你一碗。这一喝，直到红日西斜，高粱营长始终没敢问那排炮的事，开不了口啊。出门，凉风一吹，高粱营长的脑海里又浮现出那一瞬间，一声巨响，二十三位战友年轻、鲜活的躯体飞上了天。"小八路"那营长营长的清亮叫声又在高粱营长的耳边回响。高粱营长痛苦地闭上了眼睛，猛力摇了摇头，幻象消失了。他大踏步地窜了出去，张大炮还说了些什么，他一点也没有听到。

四野某部追击残敌，打下赣南后，即转入了分区剿匪战斗。炮营抽给了友邻部队，准备打海南岛。这天，张大炮带着炮营途经赣南某县，这是高粱营长的驻地。张大炮派人快马在队伍开到之前，送了一大坛客

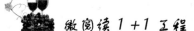

家咸菜给他的老伙计。剿匪战斗和炮营长途行军都很紧张，容不得高粱营长留下炮营吃饭。高粱营长和营领导赶到大路边，高粱营长想了想，一咬牙，脱下军呢大衣，披在张大炮身上。往日，张大炮老是说他那军呢大衣漂亮神气，还用油腻的双手摸来摸去的。高粱营长每次都佯装不明白老战友的心思，把话头岔开了。高粱营长想，下次再有缴获，也给你老伙计搞一件，美死了你。可是，仗，越打越小了，俘获的尽是些虾兵蟹将，哪里有啥军呢大衣呢？张大炮美滋滋地披着军呢大衣，来回走动了几步，甩来甩去的，连声叫好。时间不早了，要走了，张大炮问道，俺说高粱米啊，你小子好像有啥事要问俺吧？高粱营长把头摇得像拨浪鼓，没有，没有的事。张大炮和他的炮营浩浩荡荡地走了，转过了山脚。高粱营长的脑海里又浮现了二十三位战友年轻、鲜活的躯体飞上了空中的情形，"小八路"那营长营长的清亮叫声又在高粱营长的耳边回响。他突然狠狠地打了一下自己的脸，响声奇大，一块送行的营领导们都愣了，教导员说，老高，你这是怎么啦？高粱营长说，一只蚊子，好大的蚊子嘛。大家都笑了，高粱营长的心却在流泪。

大军南下，所向无敌，中国内地境内一切敢于顽抗的反动武装力量都被彻底消灭干净了。高粱和张大炮百战余生，被划到同一个大军区，一步一步地，担子越挑越重，到他们退居二线时，一个是省军区副司令员，一个是某部炮兵参谋长。大概是战争经历更加使他们倍加觉得生命可贵，他们都是儿女成群。高粱米的老八小海还娶了张大炮的老九小月，成了儿女亲家。

老战友、同一大区、儿女亲家，高粱（高老）和张大炮（张老）见面的机会不知有多少。多少回，高粱脑海里常常浮现出古城之战的炮击惨况，多少回他面对张大炮，恍恍惚惚，话到了嘴边，又活生生地吞咽了下去。

这事不好问哪，问得清楚吗？如果那排炮真的是我军误炸，那么，老战友张大炮以及有关人员包括一些上级领导，都有不可推卸的责任，这也是我军辉煌战史上不折不扣的"丑闻"吧。谁会认呢？时过境迁，翻案有啥意义呢？又还有什么证据呢？可是，如果不搞清楚，又怎么对得起那些出生入死的战友们呢？二十三条年轻的、鲜活的生命啊。

几十年中，高老特别留意有关那次战斗的回忆文章，见到其他老战友，也有意无意地说起那次战斗，无奈，那次战斗在四野某部的辉煌战史上属于"小菜一碟"，一些老战友，早已经记不清战斗细节了。高老甚至悄悄地研究起炮兵战术来，没有人知道，他差不多成了炮兵专家了。可是，他还是解不开排炮的谜团。在很多时候的间隙，高老常常为"解谜"发呆，却没有人知道他为什么这样。

转眼到了21世纪了，战争岁月日渐成为人们遥远的记忆。而对于高老这些八九十岁的老人来说，眼前的事忘了，陈年旧时却历历在目，挥之不去。这些天来，高老几乎都是半夜惊醒，坐等天明，满脑子是战火硝烟。

这一天，阳光很好，高老在将军楼的院子里边散步边大声独唱革命歌曲，这是他的习惯。他坐了下来，戴上老花镜看报，报上接二连三的好消息使他的心情好了不少。平时很少回老家的小海和小月急急忙忙奔入门来。小月哭着说，爸，我爸快不行了。

高老大吃一惊，丢下报纸。驾驶员早已发动了奥迪轿车，滑行了过来。

大区总院高干病房里，张老身上插满了塑料管子，脸上套上了氧气罩，他已经不能说话了。就在今天早上，他在院子里搬动一盆花草，不慎摔了一跤。医生说，好在抢救及时，目前，没有生命危险，只是可能说不了话了。

高老一动不动地坐在张老床前，满脸悲伤。两个多小时后，他好像是下了一个巨大的决心，站起来附在张老的耳边，悄悄地说了些什么。

奇迹发生了，张老颤巍巍的左手伸出了三根手指，双眼流出了热泪。

三根手指是什么意思呢？三营？三团？三号首长下的命令？三名炮兵打的排炮？有第三支部队？第三者？按第三套方案行动？提前三十秒开炮？救俺们的那三发炮弹？唉，老伙计啊，俺后悔啊，几十年了，俺为啥不早问问呢？你这葫芦里卖的啥药嘛。

高老做出了一个决定，经过大区首长同意批准，他千里迢迢来到了古城。古城变了，成了新城。六十一年过去了，沧海桑田，高老还是准确地找到了当时他们营挖战壕埋伏的位置。这里，眼下是一个停靠站，不断有公共汽车停停走走，男女老少上上下下的，一派繁忙。

高老看了很久很久，突然对驾驶员说，回吧，俺们回去。

神枪手

我们闽粤赣边，有一位神枪手，他不是别人，他就是中国人民解放军闽粤赣边纵队刘司令员。

刘司令员是"游击大王"，他的枪法，非常非常好，是不折不扣的神枪手，故事很多，故事的类型大家都听过，不说了。

上世纪50年代，刘司令是福建省军区的司令员，一次来武平县视察民兵工作。

我的三伯是县公安局的干部，负责县境内的保卫工作。

一天，经过当风岭，刘司令说，大家歇歇吧。

歇了。闲聊。刘司令看到我三伯挎的是"20响驳壳枪"，笑了，说，县里同志的枪，很好，很好，很不错嘛。

三伯回忆，好像是林科长说了，刘司令打几枪，教教我们吧。刘司令笑了笑，漫不经心地摆了摆手，转过身叫道：

"小张！"

"有！"警卫员张阿才挺身而出。

"把那个牛笑卵打下来。"

"是！"

牛笑卵是山上的一种果子，很像牛的卵子，三四指大，客家人叫"牛笑卵"。据说，普通话是叫"马藤苞"的。

大家一看，吃了一惊，山那边有一棵树，孤零零挂了一个鲜红的"牛笑卵"。

可这"牛笑卵"有五六十步远呢。

三伯说了,他的枪法也行,剿匪时,着实露过几手,全地区还是有点名气的。那时,他暗暗想,没有把握,没有把握。

"砰——"

小张一枪过去。

没有打中。

就有人忍不住笑了,省里来的嘛,正规军嘛。

刘司令不太高兴了,伸出右手。

小张把驳壳枪递过去。就在刘司令触到驳壳枪的瞬间,抬手就是一枪。

"砰——"

远处,"牛笑卵"爆裂。

刘司令看也不看,说:"走!"

众人在车上连连赞叹刘司令神枪啊神枪神枪。

刘司令笑了,老喽,老喽。小张啊,你要在游击队,是不合格的。

刘司令的游击队,神枪手多,传奇故事也多,老生常谈了,不写了。

可是,这样多神枪手,还是"走了麦城!"

话说,1942 年 6 月,国民党中统把"中共南委"端了。这就是"南委事件"。

这个事件影响很大,惊动了国共双方高层。党史资料是这样记载的:

"1942 年 6 月,国民党中统局江西调统室破坏了中共江西省委,江西省委机关工作人员全部被捕,接着,中统特务破坏了南委曲江交通站,捕获南委组织部长郭潜,郭潜叛变,引领中统特务庄祖芳等 10 余人自曲江直奔大埔破坏南委,南委领导人张文彬、涂振农等被捕,南委机关及电台人员在方方指挥下迅速疏散转移。这一事件,史称'南委事件'。"

当时,刘司令和几位神枪手负责保卫"南委",面对 10 余位奔袭而来的中统特务,咋办?如果是写小说,好办啊,一枪一个,甚至一枪二个三个,风卷残云,干掉他们。

不,不能开枪!理由是:

一、"南委"其他同志和电台要撤退,要争取时间,不能斗牛;二、

上级命令"长期潜伏，积蓄力量"，不能暴露目标；

　　三、我们的同志枪法好，敌人的枪法也好，敌众我寡；

　　四、周边都是敌人武装力量，开枪后冲不出层层包围圈；

　　五、（请朋友们补充吧。）

　　于是刘司令没有开枪，组织护送"南委"其他机关工作人员及电台迅速撤离。

炮楼

广东著名开发商李富贵果然是富贵逼人，一出手就高价拿下了汀江南社渡河段的一大块地，用于兴建一处山水旅游区。当地报载，这将是千里汀江的一颗璀璨夺目的明珠。

这一天，李总来到了汀江边，前呼后拥的，一行人浩浩荡荡。"三通一平"项目负责人——南社渡附近的第三村民小组长，闻讯立即小跑步过来。看得出，此人当过兵。他兴奋地向李总汇报了项目规划执行情况，李总缓步而行，频频点头微笑。

不久，他们就来到了江岸的一处小山坡上。李总纵目远眺，但见群山逶迤，汀江蜿蜒，连声说，好，好，很好。项目负责人看老总高兴，手舞足蹈地继续汇报。李总轻轻地扬起一只手，项目负责人立即刹住汇报，把一些话生生地咽了下去，看上去挺难受的。

李总漫不经心地指着对岸的某处地方，问，那是什么东西啊？

"是碉堡，几十年前的。"

"那么，不是文物喽。"

"不是，绝对不是。我们开发区内没有任何文物。"

"好，好，很好。"

"是，是的，我们可以考虑开发成情侣屋。"

"哦，够浪漫的哟。"

"还可以考虑装上一台探照灯，照在江上。"

"哦。有创意。"

"还可以考虑……"

"拆了！"

"李总，您是说……"

"拆了！什么乱七八糟的东西。"

说完，李总就回去了。三天后，那座碉堡消失了。开发区却三年没有动工，疯长着野草。据说，当地政府很快就要把它收回去了。

人们传说，李富贵其实不富也不贵，他没有能力开发这一段汀江。因此，人们笑话，他除了花钱拆了一座碉堡，什么也没有干成。又有人说了，那个李总，只是和当地政府订了一纸空文，资金根本没有到位。

关于这座碉堡，除了一些老人，可能没有几个人知道它的历史，消失就消失了吧。生活在这一段汀江边的人该吃饭时吃饭，该穿衣时穿衣，该上山下地时上山下地，总之，该怎么着还是怎么着，谁在乎一座破碉堡呢？

那位项目负责人领到了拆炮楼的费用，还白领了李总的三年工资，最后，还是回去当了他的村民小组长。一次，他又喝高了，对我——他的族弟，老是检讨自己失去了机遇，还哭了。他相信李总的实力，对李总放弃南社渡的开发，老想不开。

偶然的机缘，我看到了传记文学作家"《福建文学》的老练"在博客中的一篇博文，题为《端炮楼》，这使我豁然开朗。博文写道：

……老同志说，现在给你一个排，加强排吧，在山上，缺衣少食的，三个保安团围剿你，你怎么办？没有感觉？好，说白了吧，给你几十个人，藏在山上，三个装备精良的武装警察支队来打你，你跑得了吗？没有几个人跑得了不是？刘司令可以，他是闽粤赣边的游击大王，他的部队，开始也只是几十号人枪，后来，越战越强，发展到了一万多人，这就是中国人民解放军闽粤赣边纵队。刘司令是游击大王嘛，有非常多非常好的游击战术，有些，我现在还不能说。说一个，你们听听。

国民党正规军在闽粤赣边是修了很多炮楼的，在地势险要的地方，交通要道呀，修，修得高大结实着呢。一般是驻一个排，大的，是一个连，有十几挺机关枪，火力猛哪。还有呼应的，这边枪一响，迟则十几分钟，快就几分钟了，四面八方都来增援。这样的炮楼，还是给刘司令端了。一连端了十几个。"国军"将领感到奇怪了，我找你打，找不着，找着了，你又溜喽。你老刘端我的炮楼，咋一端一个准呢？

又一个"国军"炮楼，在汀江边的南社渡吧，收钱，"保护商船"，这就断了土匪们的财路了。一天晚上，三百多绿林好汉奔下山来打，枪响得炒豆似的，还响了炮。硬是没有打下，增兵一到，土匪就散喽。传说，那山上的老五老六，一枪还打中天上飞鸟的眼睛嘞。哼哼。

这南社渡的炮楼，也被刘司令端了。怎么端的？学问可大了去了！先是侦察，情况摸清了，得选择时机。到了兵力部署了，谁谁带队在哪里哪里埋伏，来路去路都得有人，谁谁带队接应。谁谁带预备队，谁谁负责带队端炮楼。端炮楼的，又要分，谁谁带队突击，谁谁负责火力支援，谁谁负责掩护警戒等等。这是不用多说的，懂军事的朋友们都知道的。下面说的，可是"机密"啊，您不会知道了。

话说，刘司令把南社渡炮楼端了，时间是 1946 年某月某日某时某分，费时 10 来分钟。敌不及增援。

几十年后，和平了，台湾同胞回祖国大陆，一位老乡——"国军"退役上校，问老同志——国家离休干部。老同志笑了，不说你老哥怎么也不会知道的。现在说了也没有关系。原来，炮楼里外有一大厕所，天一亮，炮楼大门打开，"国军"官兵们都提着裤子往厕所跑，半夜潜伏在厕所的"突击组"开枪、突击，直扑炮楼。战斗干净利落。老同志说，潜伏在厕所里，苦啊，蚊子大，多，凶，飞机似的，一群一群扑来，不能动。臭，想吐，不能吐。蛆虫一溜一溜沿小腿上爬，滑，凉，粘，恶心，还是不能动。大半夜啊，要忍到天亮。俺们听得到你的部下说梦话嘞。不能动啊，要取得胜利，就得忍。一次，阿发，广东梅县来的，受凉了，要咳嗽，怕暴露了大家，他一刀割了自家的脖子，牺牲了啊。为什么这个方法你们一直研究不出来呢？我们的思想工作、保密工作做得好，做得很好，很好。我们的胜利来之不易，来之不易啊。

我还知道了一条重要线索，那位牺牲的阿发，被历史遗忘的英雄，姓李，和李富贵一样的李，木子李。

特种老兵

我的族兄原来是部队上的特种兵，特务连的。据说，还得过全军特种兵比武的前几名，是尖子中的尖子。也不知道是怎么搞的，他当了八九年兵之后，又回家吃老米来了。

莫不是犯了错误？不是，他的档案里写得清清楚楚，好战士一名，荣立二次一等功，三次二等功。好战士就应该提干啊，可是，族兄还是回来了。

记得，县委常委、武装部政委亲自送族兄回来，对镇里的领导同志们说，阿练是"南疆卫士"什么的，表扬的话说了一箩筐。

可是，族兄还是回来了。

族兄回来后，就在镇上开了一家摩托车修理店，还搞"风炮补胎"啥的。他这人，手艺好，和气，勤快，收费合理，因此，生意不错。据说，除了飞机、军舰啥的，陆上跑的，他都能开能修。看看，咱们部队就是锻炼人。

族兄修摩托车，也有很狼狈的时候。一次，一位镇里的妇女干部从海南岛旅游回来，恰好她的摩托车在上班路上坏了，推来修。族兄一看见她头戴斗笠的模样，就双手发抖，丢三落四的，一个小问题，反反复复才修好。妇女干部笑了，她知道他是有本事的人，她善解人意，觉得也该怪自己的魅力太那个了，以至于使这个老兵水平都失常了。

后来，族兄结婚了，生子了，完完全全就是一个手艺人了。一些人甚至忘了他曾在部队待过。不过，多数人还是记得的，他当作工作服的迷彩服就和街上卖的不一样，是有八一领章的，还有短剑和闪电的臂章。

传说他的武功如何如何，可是任你们怎么刺激他，他总是嘿嘿傻笑。有一次，几个光屁股一块长大的，请他喝酒。喝高了，要他表演。他运动运动，就要表演了，突然像是想起了什么，又不干了，坐下来还是喝酒。大家当然很失望，算是看透了三狗了。对了，族兄的乳名叫三狗。当面叫他，他总是装着没有听到的，脸上却很挂不住。当兵后，人家是用了学名增发的。

"增发啊。"

"哦。"

"隔壁村的荣华，二鼻涕，还记得不？"

"唔。记得。"

"也回来了。"

"回来好，总要回来的。"

"哈哈哈，他没有摸过枪哦！在部队，听说是炊事班养猪的哦？"

"他是他，我是我。"

"你会修东西，在部队上是搞修理的？"

"是哦，是哦，搞修理的，我是搞修理的。"

那一晚的酒，大家喝得很没劲，因为，他们证明了增发，不，三狗是一个在部队上搞修理的，难怪要退伍了嘛。小镇上有一些不讲道理的烂崽，欺软怕硬的，没有少干坏事，看来是指望不了三狗喽。

三狗在部队上不是啥特种兵，就是搞修理的。这消息一下子就传开了。人们就说了，难怪了，难怪要回家吃老米喽。搞修理的嘛。还好，还好，这手艺不误身嘛。

这一天，族兄正在为一位小女孩修单车。摩托车都会修，修单车自然不在话下。这时，族兄觉得天突然黑了下来。抬头，他看到了五个人，粗粗壮壮的五个人，手里还提着削尖的镀锌铁管。

他们是镇子另一头的摩托车修理店的同行。为首的，叫"石钵头"，意思是说，他的拳头很大，如同老百姓家里的"钵头"；很坚硬，铁石似的。很多人是叫他"钵哥"的。其他五个人呢，是他的江湖兄弟，常混在一块。他们自己取了个好听的名字，叫"五虎将"。

"五虎将"管了全镇几乎所有的烂崽，教训过不少不听招呼的镇民。只要谁得罪了他们，半夜里，哗啦一声，谁家的玻璃窗就破了。一辆摩托车呼啸而去，没了踪影。还有，谁得罪了他们，谁家的小孩就会莫名其妙地掉进水塘里，但很快，也有人把小孩救了起来。如果谁家生意好，可能突然有一个人会在这家店铺前摔倒，索赔不成，店铺就会被一些人砸烂。

族兄说话了："请坐，桌上有烟。""烟你个屁！"石钵头猛地一脚踢翻了族兄的脸盆。脸盆盛水，用来检查轮胎是否漏气。族兄起身捡起脸盆，笑着说，干什么这么大火气呢？石钵头挥动拳头，他妈的，还懂不懂规矩，敢抢咱们兄弟的饭碗！弟兄们，给他点颜色瞧瞧，帮这家伙长长记性！"五虎"一齐动手，果然厉害，片刻就把族兄的摩托车修理店砸烂了。

族兄点燃了一根烟，看着，好像这件事于他无关。很多围观的人摇了摇头，他们不敢多说，摇头是看不惯？还是对老"特种兵"的失望？更没有人敢打电话报警。有些人却看出了名堂，其中一个说，有戏！旁边的几个一听，像是躲避瘟疫，慌忙闪开说话的，他们怕惹麻烦。

隔壁有个卖茶叶蛋的老头，慌忙躲闪，嘀咕了两句。石钵头听力好得很，不高兴了，追上去，就是一脚，这次他的功夫发挥得更绝，老头连人带挑子被踢到了墙边。族兄的眉毛扬了扬，人们好像看到了他眼睛中的怒火。不过，他还是没有动弹半步。

不是有个要修单车的小女孩吗？她没有走，她要取走她的单车。石钵头上前夺过小女孩的单车，一把摔在街心。女孩就哭了。石钵头扬起巴掌，骂一声，哭个鸟！巴掌就重重地落了下去。

石钵头急速下落的手被挡住了。人们根本就没有看清什么，他们只看到一团身形一闪再闪，片刻之间，"五虎"一个接一个被摔落街心，呻吟不已。有几个胆大的，挪上前去看了看，他们看到"五虎"的脖子上都有两道黑黑的交叉血印，都歪了，歪得厉害。这特种兵的功夫，还真邪门。

族兄不慌不忙地又点燃了一根烟，拿出手机，报了警。

人们看到，"五虎"是被抬进医院的。卖茶叶蛋的老人没有被抬进去，医生检查，老人当场就不中了。

　　X光透视的结果很不妙，"五虎"除脖子受伤外，肋骨加起来断了23根，腿骨断了7根，尺骨断了9根，桡骨9根，另有多处软组织损伤。主任医生说了，动手的人在扭脖子时，也就是外力施加于脖子这一人体要害部位时，突然快速地改变了用力方向，否则，将造成致命的断裂性骨折，也就是说，这几个就全玩完喽。

　　"五虎"就这样给废了。很多镇上人说了，石钵头就算是治好了，也少不了要吃一颗花生米。县委常务、人武部政委带领一大群人敲锣打鼓地给族兄送来了"见义勇为"的锦旗。很多镇上人又说了，见义勇为好啊，那些烂崽们在街上都不见喽。

　　那个政委，原来是和族兄同一个部队的，南疆"英雄团"的。说起那个老兵，几位年轻的科长都大感不解。政委说，我也是从侧面了解到的。我的老战友，哦，首长，打过电话要我好好安排这个老兵。可是，他执意要回乡嘛。那年，对方有几个女特工，非常了得，接连摧毁了我们几个前哨阵地。上级派出了我们的特种兵潜伏在阵地前。一天，一个女子过来了，戴着斗笠，拿着农具，农妇的样子。眼看我们就要暴露了。一个女人，特种兵们谁都不愿意动手啊，这怎么行呢？增发同志一跃而出，一刀解决了敌人。后来，我们夺回了阵地，增发同志也立了功。可是，特务连的战友们看他都是怪怪的了，和他拉开了距离。我那老战友说他常常做噩梦，一直调整不过来，受不了。这不，就退伍了嘛。

曾英雄

一日，一群文友在武邑文联喝茶聊天。县文联设在一座上世纪50年代仿苏式青砖楼。繁华过去了，有些冷落，台阶石板的缝隙，长满杂草，几棵古木，不时飘下片片黄叶。

茶喝着喝着就淡了，话题就那么几句，众人便有了散伙的意思。文化局退下来的王老局长指着窗外的一棵老树，说："知道那里原来是做什么的吗？"

谁不知道呢，原来是县政府文教科呀。

"以前呢？"

"不知道。"

王老局长说："那地方，50年代是临时监狱，关押了一个大土匪头——刘兰亭。"

关于大土匪刘兰亭的故事，武邑人可以说是家喻户晓的。此人原是个读书人，却成了土匪的军师，政治上很反动。老百姓说："若要武邑平，捉了刘兰亭。"土匪们放出风说："若要武邑平，救出刘兰亭。"刘兰亭束手就擒后，关押在县府院子里。

某个夜晚，大军外出搜山，县城空虚，院子里只留了警卫班。土匪接内线报告，连夜来袭。当时局势紧张啊，土匪接连突破了我们留守的武装民兵几道防线，翻过墙，突进了院内。那时，土匪机枪手的弹夹丢了，慌忙在地上摸索。这时，一声枪响，敌机枪手应声倒地。土匪们丢失了机枪，大乱，溃散逃走。

这就是"曾英雄一枪平定武邑城"的故事。

开枪的，当然是曾英雄。既然称英雄，自然是大有来头。

曾英雄是武邑本地人，年轻时是新四军二支队的侦察兵，与日本鬼子打过许多恶仗、硬仗，是一级战斗英雄。他原名叫曾银象，永定籍熊将军说："什么曾银象曾银象，是个英雄！曾英雄！"这样，就改了名。抗战胜利后，新四军北撤江北，曾英雄随熊将军留守江南打游击。三大战役后，二野三野百万大军横渡长江。曾英雄受熊将军派遣，先行渡江侦察，荣立战功。电影《渡江侦察记》的老班长原型，就是他了。

三野大军十兵团打到福建。曾英雄想家，组织批准了他回武邑工作的请求。按规定，曾英雄至少也该是连级干部。可是，曾英雄好喝酒，介绍信弄丢了。报到了，县里好不容易接通省军区电话，值班人员说："曾英雄！有这么回事，是我们老班长。"县里的人听成了回来当老班长。这样，曾英雄被安排在县中队当了一名班长。

曾英雄身经百战，是老侦察英雄，枪法百发百中，遇上几个小毛贼，不立功才怪。

剿匪结束后，部队整编，老班长40来岁了，想娶媳妇，按他本人的意愿领了补贴，当了农民。

村人私下认为，曾英雄是"三八"式的，回村吃老谷，多半是犯了错误。曾英雄从不在意，笑一笑，就过去了。互助组、合作社、人民公社时期，一直是个勤勤恳恳的贫下中农。

曾英雄日出而作，日落而息，平常得很。只是上世纪70年代，公社电影队放映《渡江侦察记》，曾英雄每晚跟着电影机走，走了十几个山村，看了十几遍。回到家里，吧嗒吧嗒抽烟，不说一句话。家里人和邻居都有些害怕，怕他中什么邪。过了一些日子，曾英雄又正常了，有人偶然提到《渡江侦察记》，曾英雄好像没听见。

这一年，中国人民解放军某部来到武邑县进行作战演习，为期一个月。带兵首长姓田，是个师长。田师长是个年轻的老革命，治军纪律严明，全师一夜开进武邑山区驻扎，鸡犬不惊。群众谁也不知道，平日里大家熟悉的山林里，竟驻扎有一万多大军。

县领导出面接待了田师长。在县宾馆就餐时，县领导在大谈了一通对"军民团结如一人，试看天下谁能敌"、"提高警惕，保卫祖国"、"备战备荒为人民"的深刻认识后，就将一块鸡屁股夹给田师长。

说时迟，那时快，一位彪悍的警卫战士，一把夺过"鸡屁股"，扔出窗外。

县领导很尴尬，站起来连忙解释这是当地待客习惯，"鸡屁股"当敬尊贵客人。

田师长伸出一只手，往下按了按，示意县领导坐下说。

县领导大汗淋漓，忐忑不安地重新坐下。

参谋长说话了："小张，地方同志也是一番好意嘛，你，喝上一碗，赔个礼，道个歉。"

警卫战士"啪"地立正，倒酒，后退一步，又一个立正，双手持碗，一饮而尽，亮出了碗底。

"好，好，好，"参谋长笑着转向县领导，"我们也喝点吧！"

参谋长说着和县领导干了一杯。

"不过啊。"参谋长慢条斯理地说："首长在战斗中负过重伤，饮食卫生还是要特别注意的。保卫首长安全，也是这位小同志的职责嘛。关于这一点，要请地方同志谅解。"

"是是是，谅解，谅解。"县领导连连点头，带动了其他地方同志一起点头。

田师长轻咳一声，场面一下子安静了。

田师长说："主任同志啊，这次来，我想打听一个人，行不行啊？"

县领导说："行行行。"

田师长说："这个人，姓曾，名英雄，是我们部队的老侦察班长。"

"曾英雄？"

"是啊，一级战斗英雄哟。名，是老首长改的。"

"是我们县里人吗？"

"没有错，闽西武邑人。"

"行行，三天之内，我们一定向首长汇报。"

"好，主任同志，我代表老部队，敬你一杯，谢谢你了。"

田师长站起身，庄重地敬了县领导一杯，坐下时，看了参谋长一眼。

参谋长说："主任同志啊，部队和地方，事情都很多，我看，大家散了吧。"

酒宴立即散了。

县领导办事效率还是很高的。第二天下午，曾英雄就被找到了。当县里用小车把曾英雄送到部队临时驻地时，县领导亲自看到，田师长向曾英雄啪地行了一个军礼，接着，两人拥抱在一起，眼圈都红了。

这个田师长，就是《渡江侦察记》中的侦察兵小马。

贵　叔

　　我突然很想念我的贵叔。

　　贵叔是我家族中的一位远房族叔。他在县城当股长时来过我家，送来过一麻袋的地瓜干。这显然也是在生产队年代，一麻袋地瓜干，足以贴补我家度过饥饿的"春荒"。

　　武邑是山区、边区，也是老区。贵叔是土改时参加工作的，和俺爹同在一个工作队。在一次政治土匪袭击时，他被击中了右腿，俺爹在枪火中救下了他，从此更成了"同志加兄弟"。贵叔身材魁梧，相貌堂堂，工作极勤勉。剿匪部队二五九团的首长阮团长着力培养他，不久，他就当上了武北区的副区长。武北山高林密，沟壑纵横，民风尚武，土匪也多。当地人民政府发动群众配合剿匪大军，不到三年，就把土匪剿灭了。上了年纪的人至今还记得，当时缴获的土匪各色杂牌枪支，就运了三大卡车到福建第八军分区。那年，贵叔率武装民兵押车过县城，他趴在车顶，手执机枪，目视前方，连熟人喊了几句也不理睬。那份神气劲就甭提了。

　　剿匪结束后，贵叔全副武装回到武南老家，这也算是衣锦还乡了。吃饭后，乡邻来玩，有邻居某，也是贫下中农，却向来轻看阿贵，此时更看不惯阿贵做派，说他给中国人民解放军闽粤赣边纵队送信时，阿贵还在国民党的小学"扫盲"，哪里有他革命的份？是可忍，孰不可忍！贵叔那时多喝了几碗酒，大怒，拔出快慢机，就要代表人民毙了他。邻居大惊失色，边逃边骂，还捡起石块砸过来。贵叔举枪穷追，朝天开了两枪。村里的"八个红小鬼"之一香叔公赶了出来，缴了贵叔的枪，当众狠狠地批评了他。这还不算，香叔公还向县里汇报了阿贵违纪情况。其中一些话，乡民至今还倒背如流，这就是："喝了酒，发脾气，枪口对准劳动人民，要不得！要不得！！十分要不得！！！"

县里极其重视老革命香叔公反映的情况，立即派人来调查。事情很简单，很快就查实了。贵叔降为一般干部，留用，以观后效。

此后，贵叔就没有多大的作为了，一直到上世纪90年代退休，还是股级干部。

贵叔对本村人的热情也减了下来。本村人来县城找到他，到了吃饭时间，贵叔一般是掏出一串钥匙，交给来人说："我还有事，我家住在××号，米菜都在厨房，麻烦你自己去煮。"这怎么好意思呢，来人忙说，谁谁谁要请我吃饭，不麻烦你了。

这种事多了，本村人找他的渐渐就少了。

其实，贵叔这人还是挺大方的，前些年村里建学校，他捐的钱最多。

改革开放之初，贵叔有了一次重振雄风的机会。那年，县里研究决定由他出任县水泥厂党总支书记（副科级）。这个厂是县里的支柱企业，是大厂，效率非常好。内部消息传出后，任命文件正在打印。贵叔却一个人跑到水泥厂，这里转一转，那里转一转。并且，召集厂里全体干部开了个会议，要求他们汇报有关工作。他说："上级要派我来当这个党总支书记，我要对党的事业负责。"

消息立即传到了县里，县领导认为阿贵同志还是不够成熟，当即扣下了即将下发的任命文件。

贵叔左等右等，不见发文。获悉缘由后，想不通，他说："剿匪这一仗打得好不好？打得很好嘛，不是要首先侦察敌情吗？胡闹！"

后来，贵叔想通了。这就是，革命分工不同，都是人民的勤务员。多少年都过来了，何必闹情绪呢？贵叔退休后，常在县府大院溜达。冬天，他喜欢戴棉军帽，披棉军大衣。远远见他走来，端的是气宇不凡。我当时在办公室当秘书，见贵叔来，就叫他老县长。贵叔只是摆摆手笑笑。年轻的同事们端茶递烟，格外殷勤。

散　步

　　三位同学，大学毕业分配到不同的地方。15 年后，却在同一个暑期在同一所大学进修。异地重逢，分外亲切，每天日暮时分，他们相约散步。

　　散步的地方叫东湖宾馆，紧挨校园一侧。说来也怪，不远处的江滨公园人头攒动，此地却游人寥落，十分清静。

　　某日，三人散步来到了翠竹路，翠竹路的一边是宾馆员工宿舍区，一边是茂密树林，路上不时地轻轻滑过几辆小车，游人更少。

　　几天过后，三人每次散步，7 时 50 分左右，必走翠竹路。回来后，一个陶醉，一个哼歌，一个闷闷不乐。

　　30 天的进修期就要结束了，照过相，喝过酒，买了车票船票，打点好行装，明天就要回家了，三人在有些冷清的宿舍面面相觑，一个终于说，去翠竹路？一个说，7 点多了，再不去，就没有机会了。又一个说，再见吧，美丽的风景。

　　三人相视一笑，叠脚就去。

　　翠竹路宿舍区，每晚 7 时 50 分左右，都有一位肌肤胜雪的美人在楼下小木屋外沐浴，婀娜多姿，风情万种。朦胧路灯下，细竹集密，路人看得见她，她却看个见路人。林子大了，怎样的鸟没有呢？只不过，三人散步，道貌岸然，心照不宣，随着不徐不疾的步子，每次只是眼角一瞟，立即收回，唯恐唐突了佳人，来回走过，也不过只看了一二秒。

　　三人心如撞鹿，紧赶慢赶，直奔翠竹路。

　　到了。

美人准时出浴。

三人隔着翠竹，看了个够，却也呆了。

回去的路上，一个说，真不该来。一个说，来了也好。一个一句话也没有说。

他们看到的，只是一具闲置的塑料模特。